# 中国現代文学

第25号



中国現代文学翻訳会

目次

【小説】


雪山大士《せっせんだいし》　陳 春成／大久保洋子 訳　5
雨のホテルで、僕はかつて憧れたサッカー選手に出会った。
✺訳者あとがき

モロッコ王子　徐 則臣／上原かおり 訳　33
若者たちは北京で出会い、大都会の片隅で夢と闇を見た。
✺訳者あとがき

朗霞《ランシア》の西街《シージエ》　蒋 韻／栗山千香子 訳　65
覚悟の選択をした母。そのために故郷を奪われた娘。
✺訳者あとがき

最後の道士　鄭 小驢／鷲巣益美 訳　131
期待をかけた最後の愛弟子は、いまどこに？
✺訳者あとがき

［本の紹介］
止庵《受命》　趙暉　166

編集後記／次号予告／前号目次　170

❖『中国現代文学』は現代中国の文学を紹介する翻訳誌です。
❖同人の相互検討によって、よりよい作品選択と翻訳を目指します。

# 雪山大士《せっせんだいし》

陳 春成
大久保 洋子訳

原題　〈雪山大士〉
初出　《収獲》2021年第5期
転載　《文学教育》2022年第8期
テクスト　作者提供の手稿による
作者　【ちん しゅんせい　Chen Chuncheng】
1990年福建省寧徳市生まれ

一目でDだとわからなかったのは背景のせいかもしれない。オフシーズンのホテルの閑散としたレストランで、床まで届く窓の外は連日、ぼんやりと薄暗い雨の風景、午後三時か四時の暮れ方に、彼は心地よさそうに片隅のソファに沈み込み、かつて僕がよく知っていたのとは違い、鮮やかな緑色と湧き返る歓声の間に身を置いてはいなかった。十二、三歳の頃、彼の名前はわが家の食卓にたびたび登場し、母ですら聞き飽きたと言っていた。父はバイエルン*の大ファンで、当時Dはブンデスリーガ二部チームのブレーメン*で頭角を現したばかりだった。父はいつも、こいつは大した奴だ、どこかバッジョ*に似てる、要注意だ、と言った。結局、そのシーズンのDFBポカール*の決勝戦は、ブレーメンが大番狂わせで、三対一でバイエルンに勝利した。Dはフル出場で十人抜きをやってのけ、二回のアシストをし、さらにボレーシュートを一発打ったが、残念ながら味方のオフサイドでゴールはカウントされなかった。僕たちはがっかりしたが、すっかり彼に参ってしまった。勝てない相手は買うというのがバイエルンの一貫したやり方で、夏休みが終わる前、父は僕の部屋のドアを開け、Dがバイエルンに入ったぞ、と喜び勇んで発表した。最初の数試合で彼は本領を発揮し、絶妙なパスをいくつも出し、相手をたくさん抜いた。あいつはきっと大スターになるぞ、と父は言った。その後、僕は勉強に疲れてあまりサッカーを見なくなり、父もめったに話題にしなくなって、Dのその後については何も知らなかった。数えてみると、今年、もう四十歳を過ぎているはずだ。顔つきはさほど変わっておらず、増えた皺《しわ》もちょうどいい具合で、髪はすっかりグレーになっていた。下がり気味の目尻は、若い頃には覇気が足りないように見えたが、歳を取るとむしろ、い

*バイエルン
ドイツのサッカーリーグ、ブンデスリーガに加盟するプロサッカーチーム。FCバイエルン・ミュンヘン。

*ブレーメン
ブンデスリーガに加盟するプロサッカーチーム、SVヴェルダー・ブレーメン。

*バッジョ
イタリア出身のサッカー選手、ロベルト・バッジョ。一九六七年生まれ。

*DFBポカール
ドイツの国内サッカーカップ戦。ドイツカップ。

くらか上品に感じた。体型をちゃんと保っていて、服も様になっている。何度も観察して確信した後で、すぐには近づかず、まずちょっと調べようと、名前を検索した。引退については様々な説があり、怪我はもちろんその一つだったが、三十歳はやや早い。さらに、鬱《うつ》病になって治療中だという説。かつての監督へのインタビューで、今は誰も連絡が取れない、と言われていた。ほかには、何年も前に中国へ来て監督に就任し、退任したというサッカークラブの記事がいくつか。どう切り出すかをじっくり考え、ついに彼の方へ歩いていった。予想通り、彼はこの場所で見つけられたのを訝《いぶか》しんだ。僕と父が崇拝していたと少し誇張気味に告げると、彼は感謝を示した。言い終えて少しいたたまれなくなり、すぐに立ち去った。夜、レストランの隣のラウンジでまた彼に出くわした。やはり窓際に一人で座り、枝豆をつまみにウイスキーをゆっくりと飲んでいた。そして、座って一杯やらないか、と言った。そこには小さなバーカウンターがあり、酒の種類は多かった。僕もウイスキーを注文した。俺がバイエルンを離れた後、きみたちの新しいスターは誰だったんだ、クローゼ*か、と彼は尋ねた。その後はサッカーをあまり見なくなりました、と僕は答えた。じゃあきみのお父さんはどうだ、やっぱりバイエルンファンなのか、と彼。今はあまり口をきかないんです、と僕は言った。彼は、明日一緒に山に行こう、もしも雨が止んだらの話だが、と僕を誘った。

　翌日もまだ綿々と続く雨だった。そのホテルは天星山風景区*の近くにあり、もともと小さな景勝地のうえ、梅雨の季節でもあり、客は少なかった。館内には温泉があり、浴場のタイル

*クローゼ　ポーランド出身のサッカー選手、ミロスラフ・クローゼ。一九七八年生まれ。

*天星山風景区　福建省屏南（へいなん）県にある森林公園。天星山は標高五百メートル。

は古かったが、まあまあ清潔な方だった。僕たちは一緒に温泉につかり、茶を飲み、午前中の時間を潰した。湯につかる時、僕は彼の膝の凄まじい傷跡に目をやらないように努めた。昼食の時にはうちとけてきて、話も弾んだ。午後はまたラウンジへ行き、くつろいでしばらく飲み、ウイルスの流行や、バロンドール*の選考について少し語り合った。彼の選手生涯について聞いてみたかったが、検索の結果から考えて、彼にとってあの頃のキャリアは誇らしい気持ちが強いのか、それとも感傷が強いのか、確信が持てなかった。だから質問はしなかった。逆に、自分が小説を書いていること、ファンタジーをいくつか発表したことを話した。しばらく前に執筆に行き詰まり、なんだか疲れたので、ここへ気晴らしにやってきたのだ。彼はとても興味を持ったようで、最近読んだ何冊かの本のことを語り出した（そのうち一冊は『湯治客』*だったことを今でも覚えている）。驚きは顔に出さなかったが、心の中で、想像していたサッカー選手の趣味とずいぶん違うな、と考えていた。その日の酒は上々で、何という銘柄だったか忘れたが、僕たちは午後の間ずっと、ゆっくり飲んだ。会話は途切れては続き、黙っている間はそれぞれ酒をちびちびやってぼんやりしていたが、沈黙すら心地よかった。氷が琥珀色の中で融けた。室内は薄暗く、雨の音しかしなかった。もし聞きたいなら、と彼がふいに言った。題材を一つ、失敗と不思議に満ちた物語を、提供してもかまわない。その時、客は僕たちしかおらず、周囲はひどく静かだったが、彼はやはり声をひそめた。まるでモーム*やツヴァイク*が描くような光景だ。異郷のホテルで、長い休日に、あるいは航海中の船の上、果てしなく広がる靄《もや》のたちこめる波の上で、二人の人間が出会い、少し酒を飲み、人生を打ち明け、そして別

*バロンドール
フランスのサッカー専門誌『フランス・フットボール』が創設した、全世界の年間最優秀選手に贈られる賞。

*『湯治客』
ドイツ出身の作家、ヘルマン・ヘッセ（一八七七〜一九六二）が一九二五年に発表した随筆。

*モーム
イギリス出身の小説家、劇作家、サマセット・モーム（一八七四〜一九六五）。代表作に「月と六ペンス」がある。

れる。もちろん僕は、ぜひ、と言った。二人ともグラスにダブルの酒を注いだ。外は相変わらず冷たい雨がそぼ降り、庭の松の木は窓の前を横切って、針のように細い葉が入り乱れ、ぽたぽたとしずくが垂れていた。その向こうは雲海だ。彼は語り始めた。

俺と中国には、ちょっとした奇妙な縁がある。一九一〇何年か、アメリカ自然史博物館にアンドルーズという博物学者がいて、アジア調査団を組織し、雲南省へ動植物の調査に行った。俺のひいじいさんは調査に加わった科学者の一人、正確に言えば科学者の助手で、動物の剥製《はくせい》を作ったり、植物の標本を作ったり、旅行中にそういう標本を管理する役目だった。調査団はまず福建省に到着し、二カ月滞在して、伝説の華南トラをつかまえようとした。省北部の山深くにある村々の間を奔走し、トラが出没したという噂を追った。夜通し山道に身を伏せて、峡谷につないだヤギを見張ったり、地元の猟師を雇ってジャングルの中で捜索をしたりした。結局、すべてが徒労だった。最後に動植物の標本をたくさん集めて、福建を離れ雲南へ向かった。ひいじいさんが自費出版した回顧録の中の、二つの出来事が強く印象に残った。一つめは、一行がコウモリの洞窟に闖入《ちんにゅう》し、混乱の中で百匹にも上るコウモリを殺したことだ。その描写を読んだ時、まるで洞窟の中の生臭い匂いが辺りに漂い、岩壁に入り乱れる影が見えたような気がした。二つめがここの天星山で、風景は幽玄、山には禅岩《ぜんがん》と呼ばれる岩があり、「わたしはかつてこのように聞いた」という言葉が彫られているという。伝説では、数百年もの間ずっと岩の中から『金剛経』を唱え続けてる声がするが、明《みん》代以降はその声がしだいにゆっ

＊ツヴァイク
オーストリア出身の作家・評論家、シュテファン・ツヴァイク（一八八一〜一九四二）。多くの伝記文学や短編小説、戯曲を著した。

くりになっているという。ひいじいさんが耳をくっつけて聴こうとした時は、何も聴こえなかったそうだ。地元の学者が言うには、その数年間はちょうど一つの音と次の音の間の沈黙期間だったらしい。ここに着いた初日に午後いっぱいかけて山を回ったが、その岩は見つからなかった。その後すぐにこの雨になったんだ。

ひいじいさんは帰国した時、土産の品をいくつか持っていた。白檀《びゃくだん》のお香が一箱、もったいなくて点《つ》けずにいたら、そのうち湿気《しけ》てしまった。黒い湯呑みが一つ、これは帰りの船の中で落として割ってしまった。小さな木像が一体。赤紫色で、うっすらと淡い金色の光沢を帯びて、高さはマグカップくらいしかなかった。頬ひげを生やした半裸の痩せ細った老人で、あばら骨の一本一本がくっきりと浮き上がり、腰を下ろして片あぐらを組み、もう片足は立てて、両手をその膝の上に重ねて置き、手の甲で下あごを支えてた。まぶたを伏せ、瞑想をしてるようでも、飢えの中でいまわの際を迎えてるようでもあり、もしかするとうたた寝をしてるところだったのかもしれない。ロダンのあの「考える人」が老人になったか痩せたかしたようなものだった。ひいじいさんは福清《ふくせい》*の骨董品店でそれを見つけ、造形よりも素材に興味を持った。形はただの貧しい老人だが、材料の木は希少で、密度が極めて高く、ふつうじゃないくらい光沢があったから、買い取ったんだ。その木像は第一次世界大戦を半分と第二次世界大戦をまるごと、それにドイツの分裂と統一を経験し、俺の母親のもとに伝わり、わが家のテレビボードの上に置かれた。俺は子どもの頃からそれを見慣れてた。老人の容貌や髪、ひげ、筋肉のライ

＊福清　福建省福州市の沿海部に位置する都市。

ン、服のしわ、あの独特な赤紫色、かすかな金色の輝きは、いまでもありありと目に浮かぶ。両親が言うには、俺がまだ赤ん坊だった時、リビングのどの場所に抱いていっても目はじっとそこから離れず、食い入るように見てて、けらけら笑いさえしてたそうだ。

俺たちは当時ブランデンブルクの小さな町に住んでて、東ドイツに属してた。ベルリンの壁が崩壊したのは十一歳の時で、それは俺の生活をさほど大きく変えはしなかったようだ。コカ・コーラを飲めるようになり、もうピオニール*ではなくなり、これからは向こうのビッグクラブのスカウトが試合を見に来るから、頑張るんだぞ、と監督に言われた程度だった。数年後の、アイロンが原因で二時間後に消し止められた火事の方が、影響は大きかった。火は隣家からわが家に燃え移り、アパートのフロアを半分焼いた。あの木像や、枕元に貼ってあったマラドーナ、九歳の時に手に入れた最優秀ストライカーのトロフィー、あのアパートに残っていた東ドイツの記憶がすべて、すっかり燃えてしまった。その後、俺たちは芝生付きの家に引っ越し、俺は家の前でリフティングの練習ができるようになった。

*ピオニール
旧ソ連の子ども向け共産主義教育組織であるピオネールを模して、旧東ドイツで組織された少年団体。

俺の父親は国営ビール工場の従業員で、のちに個人経営の酒造工場に招かれて技術者になった。その工場はウイスキーを生産してるんだ。おかしいだろう、実はブランデンブルクには最高級のウイスキーがある。良い麦が取れるんだ。その小さな酒造工場は自前の麦畑を持ってて、従業員は五人きり、忙しい時は社長も一緒に汗を流す。定番商品を開発し、数十年でかなり売れ、地元の名産品になったが、今でも新しい酒を絶えず開発してる。そのためにかなりの赤字を出してるが、全体的にはやはり儲かってるんだ。俺はサッカーで稼いだ後、その工場を買い取って父にプレゼントし、元の社長は父の部下になったが、今も一緒に身体を動かして、仲が良く、一緒に新しい酒を開発し、一杯目のエッセンス——つまり、二回目に蒸留してできた酒だ——を楽しく分け合ってる。

サッカーの話をしよう。小学生の頃、あるビデオテープを手に入れた。マラドーナの世紀のシュート大全で、十二もの違う角度から撮影されてた。解説者の叫び声に邪魔されたくなくて、いつも音声を消し、寝る前には必ず繰り返し見た。こうしてマラドーナは静寂の中で踊った。軽やかでたくましい、それは本物の即興のステップで、人類の肉体の究極の美だった。シェークスピアの十四行詩《ソネット》を暗誦できる人がいるが、俺はマラドーナが五人を抜き去った動きを真似できる。ボールを受けるところから始まり、数歩踏み出し、どこでスピードを変えるか、どうやって足を上げ、腕を振るか、倒れる前にどうやってシュートを打つか、どうやって喜びを表現するか。もしもあんなシュートを決められたなら、俺はその場で死んでもいい。それは多くのサッカー選手のひそかな誓いなんだ。

現役時代のことは大体知ってるだろう。完全な失敗だったとはいえないが、多くの人の期待にははるかにおよばなかった。俺は確かに大型新人としてスタートした。突然表舞台に登場するたくさんの若い選手と同じように、天才と言われた。だが、きみの知る中で天才じゃないサッカー選手なんているか？　あんなに多くの子どもたちの中から頭角を現し、遠い中国にいるきみにもテレビで見て名前を覚えてもらえるなんて、本当に平凡な人間であるわけがない。スター選手の多くは、有名になる時はいつも向かうところ敵なしだが、それは受けるディフェンスがごくふつうで、彼の方がいくらかうまいからだ。有名になるとディフェンスにマークされて、ファウルも頻繁に受けるから、素人にも劣るようなパフォーマンスに見えてしまう。ほとんどはここでつまずく。大スターになりたいなら、ほかの奴よりずっと上を行かなければダメだ。生まれつきの才能に加えて、ほかにも才能を実現するための才能、例えば不調が長く続いても懐疑的になって潰れてしまわないような気持ちの強さだ。それに負けん気が強いこと、これは後から身につけることはできない、トップクラスの選手になるための才能だ。さらに怪我をしにくい体質であること。知っての通り、俺には最後の一つが欠けてた。俺のドリブルの仕方、よくやってた加速や急停止、方向転換が、俺の膝と足首を消耗品にしたんだ。

その後、昔ながらの攻撃的ミッドフィルダーをやる奴は誰もいなくなった。俺のサッカーは見栄えがすると言われたが、試合結果に関しては決定的な影響力はなかった。技をひけらかす、ドリブルが長すぎる、当たりに弱い、どれもその通りだ。だが俺はそういうサッカーが好きなんだ、子どもの頃からそうだった。現代のサッカーが追求してるのはハイスピードとハイパワー、ワンタッチパスや高い位置からのプレスで、誰しものんびりボールを受けてる余裕がなくなり、優雅さや細やかさはほとんどなくなった。防御しきれなければ押し倒せばいい、ってね。俺はそんなサッカーはしたくなかった。ドリブルが好きで、ボールと足が触れ合う感覚を楽しんだ。選手たちの間を動き回り、意表を突く絶妙なパスを出し、バックラインからロングボレーシュートを打つんだ。マテウス*と一度しゃべった時、おまえのサッカーは小さいクラブの中核向きだ、独りよがりのきれいなサッカーをしてても何も賞は取れないが、ファンからは受けがいい、と言われた。当時、俺はバイエルンで先発から外れたばかりで、納得がいかず、ぎこちなく言葉を濁して、ビールを一杯飲んだだけで立ち去った。

バイエルンに移籍した時、強引にヘルマンを連れていった。ブレーメン時代の理学療法士だ。そのことをずっと後ろめたく思ってる。当時、彼はもう六十歳に近く、息子や孫娘はみんなブレーメンに住んでたから、はじめはうんと言わなかったが、結局、俺のことが心配だったんだ。もしかすると俺がたびたび怪我するのをとっくに予感してたのかもしれない。ユースキャンプの頃からの担当で、あまりおもてには出さなかったが、お互いに気が合った。正式な体育大学の出身じゃなかったが、経験豊富で、たくさんのことを教えてくれた。数多くの筋肉のトラブルが、ちょっと手で触れただけでわかるんだ。さらに離れ業があって、耳を当てた状態で膝をゆっくり動かすと、その音から異常を聴き取ることができる。案の定、俺はバイエルンに行って三カ月で怪我をした。バイエルンのフォーメーションに慣れようと頑張って、やっと少しずつ調子が上がってきたところで、故障につかまっちまった。選手の中には、トロ

＊マテウス
ドイツ出身の元プロサッカー選手、ローター・ヘルベルト・マテウス。一九六一年生まれ。一九九一年にバロンドールとＦＩＦＡ最優秀選手賞を受賞した。

フィーがいくつでゴールデンブーツ*がいくつだとか、自分の栄誉の記録を列挙するのに夢中な奴がいるが、俺はというと、どの部位で、何カ月休んだ、っていう一連の故障の記録だ。だが今はやめておこう。文学の話をしたいな。

俺の薄っぺらな文学趣味は、ある療養期間に始まった。バイエルンでの二度目のシーズンで、また膝だった。怪我はそれ自体が悲惨だが、もっと悲惨なのはすべてが好転してると思った時にいつもそれが突然ぶり返すことで、その後の順調な時期も疑心暗鬼になり、幸運を前借りしてるような気になってしまう。その怪我をする前のシーズン前半、俺のパフォーマンスは上出来だった。八ゴール、七アシスト、ブンデスリーガのドリブル王、その後で、ツケが回ってきた。転んだ時にブツッという音が聴こえた。まるで古い家具が真夜中に謎めいた音を立てるように、その音は身体の中で起こり、俺にしか聴こえなかった。十字靭帯が断裂し、左膝の大手術が必要だと知った時、俺はほとんど崩れ落ちそうになり、ヘルマンの肩で号泣した。

手術の後は長い療養だった。リハビリは少しはストレス解消になったが、一番耐えがたかったのは自分への苛立ちだった。逃げだしたくてたまらなくなった。自分自身から、このバカバカしい茶番から、昼も夜も絶え間なく続く痛みや焦り、自分への哀れみと叱咤から、失敗に対する度重なる反芻《はんすう》と、求めても得られない勝利への執着から。一時的に他人の物語の中に入り込みたかった。ある日、ヘルマンに小説を何冊か持ってきてくれと頼んだ。彼は山ほど調達

＊ゴールデンブーツ　サッカーの大会で最多得点をあげた選手に贈られる賞の総称。ゴールデンシュー。

してくれた。クリスティやクイーンだ。俺は頭が良くないから、いつも犯人を当てられなかったが、探偵小説はずっと好きだった。あのお決まりなところ、探偵が最後にみんなを集めて、得意げに真相を語り出すんだ。そのパターンは何度読んでも飽きなかった。数日の間は人物の関係や時間軸に集中し、自分の悲惨な運命は忘れてた。だがしばらくすると読むものがなくなり、本の山の中に誰のだか忘れたが詩集が一冊と、ヘッセの『シッダールタ』が挟まってるのを見つけた。午後いっぱいかけて、後者を読んだ。横になったまま暇を持て余してなければ、たぶん永遠に読むことはなかっただろう。シッダールタのモデルは釈迦で、貴族の出身だが仏門に入って苦しい修行に打ち込み、それから苦行を捨ててこの俗世に関わりたくなり、子どものように喜んだり愚かになったりして（その文句を読んだ時、作者は俺たちサッカー選手のことを言ってるような気がした）、そこから悟りを得て、商売を学び、財産を蓄え、性の快楽をむさぼり、数年後にまたその一切に嫌気がさし、河に身を投げようとする。その時、ある音、「オーム」という音が聴こえる。その音は完全であることを表してて、彼がかつてよく口にした祈りの初めと終わりの言葉だった。思わずその音を口から発した瞬間、彼は長いこと求めていた悟りを得て、世の中のすべての真実を理解する。それから船頭になって、うんぬん、という話だ。ただそれだけの物語で、面白くないし、物語とすらいえず、書かれてるのはただ人間が自分の心をどうやって整えるかで、外部の活動は彼があっちに行ったりこっちに行ったりするだけだ。遺言も毒薬も、密室もない。一番興味をひかれたのはシッダールタと娼婦が色々な体位でやる場面だったが、書き方が下手くそで、何の刺激も受けなかった。俺は本をベッドの足元に放り出して眠ってしまった。

だがその後の数日間、何度もこの物語を思い出した。どこかもう知ってるような匂いがした。木の匂いだ。もう一度読んだ。寝る前は、本にある通りに様々な感情を取り除いていわゆる「空《くう》」になろうとし、その結果、ぐっすり眠った。続いて偶然とは言いがたいことが起きた。アルテ・ピナコテーク*でアジア古代仏像展が三日間、開かれたんだ。ふだんなら絶対にそんな情報には注目しないんだが、その日、テレビで宣伝ポスターを見た途端、目を見張った。そこにあった黄金の仏像の姿は、俺の家にかつてあったあの小さな木像とそっくりだった。片あぐらで反対の足は立て、両手を膝の上に重ね、下あごを手の甲に載せてる。やはり頬ひげを生やし、両目を閉じて、ふつうの仏像よりずっと痩せていた。その頃はもう杖をつけば歩けるようになってたから、恋人に付き添ってもらって展示を見に行った。彼女は仰天して、俺が憂鬱のあまりおかしくなったと思ったそうだ。一通り展示を見てまわり、ポスターのあの仏像を見つけた。解説によると、それは雪山大士《せっせんだいし》と呼ばれる像で、釈迦が修行時代に雪山で座禅の苦行をし、そのために骨と皮ばかりに痩せてしまった姿を表したものだという。横には同じ形をした仏像が五体あった。そこでようやく、わが家には仏像が置かれてたのに、何世代もの人間が誰もそれを知らず、ふつうの工芸品だとばかり思ってたって気づいた。それはよくイメージするようなでっぷり太った仏像とは確かに大きく違ってた。少し前に読んだシッダールタこそが釈迦で、テレビボードの上のあの木像だったんだ。それは偶然の一致の範囲をとっくに超えて

＊アルテ・ピナコテーク　バイエルン州ミュンヘンにあるドイツの国立美術館。

るようだった。俺は仏像をじっくり観察した。どれも精巧で、厳粛で、金製のもの、白磁のもの、玉《ぎょく》でできたものもあったが、一つとして俺の家のあの像にはおよばなかった。目を閉じ、あの木像の姿を真剣に思い出し、あの赤紫色の身体、淡い金色の光、あの姿勢と容貌を、頭の中で少しずつ描き出した……マラドーナの動作を思い出すように、あの釈迦の姿を思い描いた。どれくらい時間が経ったかわからないが、俺はそれを寸分も違わず蘇らせた。膝を抱えて座り、暗闇の中に浮かんでる。ふいに、全身に寒気を感じた。展示室の冷房が効き過ぎてたのかもしれない。

神仏の導きか、俺は仏教というやつに興味を持つようになった。その時の療養は十一カ月にもおよび、昼はリハビリ、夜は何もすることがなかった。仏教入門の本を何冊か買ったが、まったく理解できなかった。小説のやり方に従い、自分で考えて、座禅をし、瞑想し、感情を、「我《が》」をからっぽにしようとした。何か進歩があったとはとても言えないが、少なくとも睡眠は改善した。リハビリでは筋トレをたくさんしなきゃいけなかったから、筋肉にはエネルギーが満タンに蓄えられてて、なのに試合には出られず、セックスだけは一時的な発散にこそなったものの、あの焦りと挫折感を解消することはできなかった。だがあの日から、俺は完全に別の境地に踏み出し、元の生活とはまるっきり逆になった。サッカー選手としては、勝つことへの限りない渇望や、失敗に対する極度の羞恥心を生まれつき持ってなきゃならず、喜びに叫んだり顔を覆って号泣したりが五分のうちに起こることもあり、その激しい感情の起伏に慣れる必要があった。だが目を閉じて静かに座ってる時、あの雪山大士を思い出してる時には、そうしたすべてが一時《いっとき》、俺を解きほぐした。その感情のない感情を体験しながら、自意識を薄め、膝を抱えて座り、存在と消失の境い目を行き来した。その感覚はうまく言い表せない。まるである時、サバイバルゲームをしてて、雪道で迷い、敵陣が見つからず、いっそのことずっと歩き続けてどこまで行けるか見てやろうと思った時のようだった。ライフルを抱えて真っ白く果てしない雪原を長いこと歩き、最後にその仮想世界の果てにたどりつき、その透明な壁に触れたら、それ以上先へ進めなくなった。俺は限りない虚しさと、天地に満ちた静寂、そしてわずかな寒さを感じた。

俺は日に日に回復し、日常のトレーニングに参加できるまでになったが、まだ試合には出られなかった。その日はメンヒェングラートバッハ*に遠征試合に行った。チームに同行して応援しろと監督は言ったが、実はそれは俺に一体感を持たせようとしてのことだった。控えのベンチに座り、フィールドの両端の絶え間ない攻防の入れ替わりを見ながら水を一口飲み、ふいに、つまらないと感じた。競技場の日よけのスチールパイプにハトが一羽とまってるのが見えた。心の中で、おいハト、おまえには俺たち人間がどう見えるんだ、と呟いた。ボールひとつを馬鹿みたいに追いかけて、奪ったと思ったらまた蹴り飛ばし、懸命にわめき散らしてる。今夜、おまえはどこで夜を明かすんだ。わかるかハトよ、本当におまえが羨ましいよ。その時、小説の中の、シッダールタが無我の境地に入った時、自意識をアオサギの意識にはめ込み、と

＊メンヒェングラートバッハ　ドイツ西部の都市。プロサッカークラブ、ボルシア・メンヒェングラートバッハ（ボルシアMG）の本拠地。

もに飛び、ともに食い、ともに死んで、そしてまた自分自身に戻ったのを思い出した。俺も試してみたくなった。そこでそのハトをじっとみつめ、心の中をからっぽにした。ハッと気づくと、俺は人の頭がたくさん揺れ動くサッカー場を見下ろしてて、湧き返る声援の中、両の翼を羽ばたかせてそこを飛び去った。夜の風がくちばしから両側に分かれて流れていき、かすかにドングリの匂いがした。ボルシア・パルク*は四角形をした白い鳥の巣のようだった。俺は空き地を飛び越え、夕暮れの並木道を飛び越え、噴水のある小さな広場でウェイターが黒い丸鏡のような一杯のコーヒーを入口のパラソルの方へ運んでいき、俺はその鏡の中に夕日と自分がかすめる影を覗き見た。さらに北へ行くと深い森で、まるで何かに導かれるように、あるいは気ままに飛ぶかのように、その黒々とした緑の中に突っ込み、一本の枝を選んでとまり、くちばしで羽毛を整えた。その時、森の中の空き地にひとむらの野生の麦が見え、麦粒は草の種のように小さく、その中の一本の穂が金色の光をうっすらとたたえていた。俺は動物の意識が人類のと大きく違うことに気づいた。彼らの頭の中はほとんどからっぽで、飢餓感が大半を占め、粗末な思考活動が蛇口のように単調に水を滴らせるが、その奥には曲がりくねったパイプがあって、あらゆるものの源へと伸びてるんだ。それら、すべての動物は、一つの巨大なダムを共有してて、そこは生き生きと果てしなく広がり、あらゆる記憶と因果をたたえ、ことによるとそれこそが宇宙の意識なのかもしれない。人類のパイプは過剰な自我によって詰まってしまい、そこへ通じていないんだ。ハトの目でその野生の麦をじっと見つめてすべてを理解し、物質の移り変わりと生まれ変わりを洞察していると、ある事実が、理屈ではなく感覚として意

*ボルシア・パルク　メンヒェングラートバッハにあるサッカー専用球技場で、ボルシアMGのホームスタジアム。

識の中に注ぎ込まれた。俺はわが家に代々伝わっていたあの雪山大士が、風に舞い上がる一つかみの灰となり、土壌の中を休むことなく流れゆき、樹木のひげ根に沿って上昇し、噴き出す色彩と香気になり、さらに落ち葉に、チョウを空中へと押し上げるエネルギーに、カブトムシの背の見事な光沢に、ツバメのさえずりになり、また土になり、その深い森の中の野生の麦になり、そしてここで静かに、Dになろうと待っているのを見た。誰かに押されて、俺は枝の先から控えのベンチへと、汗びっしょりで落下した。味方のフォワードがゴールを決め、チームメイトたちは跳び上がり、監督やコーチは目の前で抱き合っていた。

翌朝早く、夜が明けるとすぐにホテルを抜け出し、記憶を頼りにあの森を探した。足取りをゆるめてしばらくうろつき、いくらか期待したり、警戒したりしながらあの空地へ入っていくと、草ぼうぼうの中に本当にひとむらの野生の麦が、冷たい露に濡れて、朝日の下で芒《のぎ》にはまるで光輪がかかってるかのように見えた。何かの神秘的な意思に駆られたように、考える暇もなくその麦の穂をちぎり、口に放り込んでかみ砕いた。清々しく苦みのある香りが漂った。長い時間が過ぎても、何も起こらなかった。午後、俺たちはミュンヘンへ戻った。

怪我が治って復帰し、よたよたと危なっかしく一シーズンをプレーした後、俺はSSCナポリ*に売り払われた。今回、ヘルマンは同行できなかった。もう歳だから、イタリア語なんて覚えられないんだそうだ。彼は引退した。俺たちはたまに連絡し合った。俺は電話で何か

＊SSCナポリ　イタリア・ナポリを本拠地とするサッカークラブ。

を伝えるのが苦手だが、面と向かって言うのはもっと苦手だったからな。最初のシーズンは悪くない成績で、そこのリズムと気候によく馴染み、セリエＡ*のアシスト王を取った。チームはリーグ四位にまで勝ち上がり、翌年にはＵＥＦＡチャンピオンズリーグ*に復帰する見込みだった。休暇の時、ブレーメン時代のチームメイトから電話があり、ヘルマンが入院した、心臓の状態が思わしくない、と言われた。すぐに電話してみると息子が出て、親父はもう寝てる、病状はまあ安定してる、と言った。しばらくの間、ぎこちなく重苦しい会話をした。俺はあろうことかすぐに見舞いに飛んでいかず、息子の言葉で自分を慰める方を選んだ。もっと大きな理由は、当時新しい恋人と付き合ってたことだ。イタリア人のモデルで、二人で南の小さな島にバカンスに行き、よろしくやってるところだった。俺はどうかしちまったんじゃないかってくらい彼女に夢中で、その感情が長続きしようがないことはわかってたが、その時はどうしようもなかった。仏教への、あるいはヘッセのあの小説への関心は、もう一段落してた。多くの人と同じように、自我を脱したいと願ってはいたが、それは物事がうまくいかない時だけだった。人は順風満帆の中では最も無様になる。新しいシーズンが始まった。ヘルマンはショートメールをくれて、テレビの前で応援する、と言ってくれた。ＵＣＬのグループステージ*は幸い突破し、決勝トーナメントですぐにＦＣバルセロナ*にぶつかった。俺はもう何年もＵＣＬでゴールを決めてなかった。相手チームにはロナウジーニョ*がいて、当時の才気は並ぶ者がなかった。もっと癪《しゃく》に障《さわ》るのは、奴のサッカーはまさに俺がやりたかったような、華やかで垢抜けたもので、しかも俺よりずっとうまいことだった。最初の対戦は俺たちのホーム

*セリエＡ
イタリアのプロサッカーリーグ。

*ＵＥＦＡチャンピオンズリーグ
欧州サッカー連盟（ＵＥＦＡ）が主催する欧州選手権大会。ＵＣＬ。

*ＵＣＬのグループステージ
ＵＥＦＡチャンピオンズリーグ本戦の第一ステージ。各グループを勝ち抜いたチームが決勝トーナメントへ進出する。

*ＦＣバルセロナ
スペイン・バルセロナに本拠地を置くサッカークラブ。

で、〇対〇だった。二回目はカンプ・ノウ*へ行った。試合前の数回の練習で、俺は絶好調だと感じ、ゴールの予感に満ちていた。なんといってもUCLでバルセロナとの対戦で、カンプ・ノウでのゴールだ、俺は何かをやってやると決めた。人に頼んでランニングシャツをオーダーしてもらい、いくつかの言葉と写真をプリントして、試合前に中に着ておき、ゴールを決めたらユニフォームを脱いで祝おうと考えた。思いがけずその日のバルセロナは街じゅうが大渋滞で、もしかするとちょうど試合のために人々がスタジアムへ押し寄せていたのかもしれない。シャツの配達人は試合開始前にまだ到着してなかった。俺は焦りを静めて全神経を試合に集中させようとした。前半のプレーは上出来で、何度も相手をかわし、決定的なスルーパスを一回出したが、あいにくチームメイトはチャンスをものにできなかった。前半のロスタイムで、俺たちはフリーキックを得た。俺は呼吸を整え、助走し、美しいカーブを描くシュートを放ったが、わずかにそれて、ゴールポストに当たった。ハーフタイム中にキャプテンがロッカールームで皆を大声で鼓舞している時に、ランニングシャツが届いた。俺はそれを着て、上からユニフォームをかぶり、ゴールへの欲望に全身を焦がして再びピッチに出た。今、ヘルマンはきっと画面の向こうで俺を見てる、と思った。ロナウジーニョはその日、どういうわけか不調だった。俺は後半十五分でバックからのロングパスを受け、ストップアンドゴーで相手側ディフェンスを身体一つ分引き離し、素早くもう一人抜き去って、貴重なワン・オン・ワンのチャンスを手に入れた。加速し、ゴールへ向かって突進した。突然、スタジアムは異常に静まり返った。まるで見えない手がどこかでミュートボタンを押したように。そして俺は、ビデオテープの中

＊ロナウジーニョ
ブラジル出身のサッカー選手、ロナウド・デ・アシス・モレイラ。一九八〇年生まれ。二〇〇三～〇八年にFCバルセロナで活躍した。

＊カンプ・ノウ
スペインにあるサッカー専用スタジアムで、FCバルセロナのホームスタジアム。

のマラドーナのように、その静かな、広々とした緑の中を、まっしぐらに走った。心の中でこう祈った。神様、あんたが何て名前か知らないが、守ってくれ。これまでちゃんと祈ったことも、あんたと取引をしたこともないが、今回だけは、どんな代価を払っても、俺にシュートを決めさせてくれ。肉を断つ、禁欲する、これからいくつもの世俗的な幸福を犠牲にする、このシュートと引き換えに。決めさせてくれ、このちっぽけなまん丸い革製品が、どこに転がろうとあんたにとっては何も変わらないが、俺にはこのシュートが絶対に必要なんだ。俺にゴールを、俺にゴールを、俺はこのためにこそ生まれたんだ、もし入らなかったら、このために死なせてくれ。その時、キーパーの緊張した顔がはっきりと見え、エラシコ*でかわそうとした時、ディフェンダーが一人、追いついてきて（そいつはずっと後ろにぴったりついてきていた）、俺を押し倒した。左膝外側半月板断裂、全治六カ月。ラスト十分でシャビ*がゴールを決め、俺たちは惨敗した。あのランニングシャツはどこへ捨てられたのか、たぶん治療室で切り裂かれてしまったんだろう。あそこには「ヘルマン、全部きみのおかげだ」と書かれてて、背中には十五歳でブレーメンのユースキャンプに入ったばかりの時にヘルマンと撮った写真があった。俺が理学療法用のカウチに腹ばいになり、彼が背中をマッサージしてるところで、二人でカメラに向かって親指を立てていた。今でも、あの試合を彼が見てたかどうかわからない。見てないことを願うよ。試合の後、どっちもお互いに電話をしなかった。彼が亡くなったという知らせを聞いたのは、俺が歩けるようになったばかりの時だった。

＊エラシコ
サッカーで、足の外側でボールを蹴り出し、内側で逆方向へ切り返すことでフェイントをかける技。

＊シャビ
スペイン出身のサッカー選手、シャビエル・エルナンデス・クレウス。一九八〇年生まれ。一九九八〜二〇一五年にFCバルセロナで活躍した。

その頃から俺は酒におぼれるようになった。それまではずっと、飲み過ぎは喉を下水道のように扱うことで、身体を台無しにするし、もっといえば酒を台無しにする、っていう親父の信念に従って、飲みすぎることはなかった。ほろ酔い加減になった時点でもう舌は感覚が鈍るから、その後はもう一滴も飲むべきじゃない、って。だが今回はあまりにもやりきれなかった。どうにもうんざりだった、何度も何度も。少し良くなったかと思えば、まただ。新聞は俺をガラスの人間だと書き、サッカーファンはクラブが俺の療養所だと言った。俺は自分が大スターなんかになれるはずがなく、引退して数年後は誰も覚えてないだろう、とすでに確信していた。唯一獲得したのはDFBポカールだ。世界で一番きれいなトロフィーだ、金ピカに輝いて、エメラルドグリーンの石がはめこまれてる。それはブレーメンを率いて思いがけずバイエルンを下したあの時だった。あれこそが俺のピークで、もう過ぎ去ってしまった。もう二度とほかのトロフィーを勝ち取ることはないだろう。その数カ月間はめちゃくちゃな生活を送り、理学療法士に八つ当たりし、リハビリをさぼった。監督からは罵られ、恋人とも別れ、クラブの上層部から警告を受けたが、知ったこっちゃなかった。怪我をしたのは俺だ。

ある夜、ベッドの上に座り、左膝を抱え、額を膝小僧につけ、声を立てずにしばらく泣いた。もしヘルマンだったらどんな音が聴こえるんだろう、きっとひどい音に違いない、と思った。そして雪山大士像を思い出し、赤ん坊のころから見慣れてたあの彫像はまったく俺の人生の予兆だったんだと考えた。おまえの膝も痛いのか、シッダールタ、そうでなきゃ、どうしてそんなにいたわるようにそこを押さえてるんだ。やるせなく、耳を膝小僧につけて聴こうとした。泥沼がゴボゴボと泡立つような、マグマが山を貫くような音が聴こえるだろうと思った。だがそこは静かだった。耳をつけたまま身じろぎもせずにいて、顔の涙も乾いた。長い時間が過ぎ、関節と関節の谷間、滑液《かつえき》の湖底、半月板のあばら家の隙間から、ある一つの音が、一粒の星のように、みるみるうちにはっきりと、鐘の音のように長く沸き起こった。それはあの「オーム」だった。その「オーム」の中にはあらゆる音が含まれていた。俺は太古の雷鳴が荒野に響き渡るのを、恐竜たちのうめき声を、プレートの奥深くがギシギシと鳴る音を、花粉が地に落ちる時の轟音を聴き、水の沸き立つ音を聴いたが、川の音なのか葉脈の中の液体の音なのかは判別できず、戦いの中で白刃の打ち合う音が聴こえたが、それはグラスの中で氷がぶつかり合う音だったのかもしれず、全人類の言葉が巨大なジェット音と化し、俺はまるで滝に打たれる陶器の壺のようだった……様々な音が意識の中で激しく揺れ動き、飛び散って絡まり合い、最後にはまたあの音に凝縮した。「オーム……」その過程がどれほど長かったのかわからず、計りようもなかったが、もしかするとたった数秒間だったかもしれない。その後、そんな体験は二度となかった。快楽でもなければ苦痛でもなく、その二つを脱し、自我をも脱していた。精神的な経験というより、生理的な体験と言えた。そこから何らかの道理を学んだり法則を悟ったりしたわけじゃなく、あの瞬間に音がこだまし、単にその果てしない状態に浸されただけだった。その状態は肉体に何らかの変化をもたらしたりはせず、急に治りもしなかったし、狂って死にもしなかった。ただもう一度体験したかった。かつて勝利の味を心ゆくまで味わい、スタジアムで数万人が俺の名前を叫ぶのを聴き、狂喜の中に浸ったことはあったが、あの状態とはまるっきり違う、比べようのないことだった。前者がヨットを操縦して海の上を自由に漂うようなことなら、後者は海そのものになることだった。俺は酒を断ち、リハビリに身を入れ、もう一度復帰して二年間プレーした。トロフィーを手にすることはなく、大怪我もしなかったが、三十歳で引退を選んだ。数年間は何もせず、中国スーパーリーグ*のあるクラブからユースの監督に招かれた。ひいじいさんは自分の子孫がそんな形で中国に戻るとは思ってもいなかっただろう。報酬は手厚く、二年の契約期間を終え、それに以前の貯金や不動産、相続した酒造工場の収益を加えて細かく計算してみると、多少節約すれば残りの人生を割と快適に過ごすには十分だった。何年もの間、あてもなく旅をした。今回また中国に来たのは、ひいじいさんが書いてた岩を思い出し、見に来てみるのも悪くないと思ったからだ。

*中国スーパーリーグ　中国のプロサッカーリーグ。中超、CSL。

あの状態をもう一度体験したいと切望してる。毎晩三十分も耳を当て、あの音を待ち受ける。氷に穴を開けて魚が跳び出すのを待つように。今もまだ聴こえないが、少しも焦ってない。あの静寂に耳を傾けるのも、気分が安定するんだ。いつも自分の膝をじっと見つめる。その何本かの傷痕はまるで閉じたファスナーで、何か神秘的な物事がその中に閉じ込められて生息してるかのようだ。できるだけ身体をいたわり、節制した暮らしを楽しみ、穏やかな喜びを持ち続け、あの状態が再び訪れるのを静かに待ってる。喜びを持ち続けることを生活の主な課題にして、アスリートとしての気力でそれをこなし、ほとんどすべてがうまくいってる。人間にとって、長く続く苦しみを潜り抜けたなら、唯一の埋め合わせはその後の長い時間で、退屈さすらある種の楽しみになるんだ。こんなふうに何もせず、心地よく両足を伸ばして窓の外の雨を眺めることに、いったいどんな不満がある？　病気はなく、金は十分にあり、長い時間があるなら、ほかに何を高望みしようっていうんだ。かつて俺はサッカーに、勝負にひたすら打ち込んだが、知っての通りサッカー選手にとって三十過ぎというのは人生の一番輝く部分をもう終えてしまってて、多くの人が引退後は途方に暮れる。気ままに楽しむか、相変わらず苦行のようにトレーニングをするかだ、気晴らしのしようがないからな。俺は自分が多くの物事を何も知らないのに驚いて、それをうまく利用しようと決めた。あらゆることが新鮮で、子どものように無知だが楽しいんだ。家庭教師を雇い、大学へ聴講に行き、絵画や音楽を鑑賞することを覚え、必読名著リストに沿って一冊ずつ本を読む。特にブルックナー*が気に入ってて、一杯やりながら聴くと、まるで捉えどころのない希釈液みたいだ。絵は静かな風景画だけが好きだ。信じられないかもしれないが、よくリルケ*を読むんだ、わかることとわからないことの間にあって、しかもわけもなく、彼もあの「オーム」という音を聴いたんじゃないかって気がする。「美とは我々が耐えきれるだけの恐ろしきものの始まりにほかならない」*、これはつまりあの音のことじゃないか？　それから、まだサッカーを楽しんでる。一人の観戦者として、いっそう、とことん楽しめるようになった。見る時にはもう競争心や偏見を持たないからな。今はメッシ*の忠実なファンなんだ。

＊ブルックナー　オーストリア出身の作曲家、ヨーゼフ・アントン・ブルックナー（一八二四～一八九六）。

＊リルケ　オーストリア出身の詩人、作家、ライナー・マリア・リルケ（一八七五～一九二六）。二〇世紀前半を代表するドイツ詩人と称される。

＊美は我々が……　リルケ『ドゥイノの悲歌』第一の悲歌の一節。

話はそこで終わった。翌朝、雨は小降りになり、濛々《もうもう》とした霧雨になった。傘をさして山に入り、石段を上り、竹林の中にあの大岩を見つけた。僕が先に見つけたのだ。表面には「如是《によぜ》我聞《がもん》」と刻まれていた。二人とも耳をくっつけてしばらく聴いたが、声は聴こえなかった。天星山で有名なのはもう一つの岩で、山頂にあり、星、つまり隕石という話だったが、雨に濡れて真っ黒く、どことなくうら寂しい感じがした。僕たちはそこにしばらくたたずんでいた。翌日、彼はホテルを発ってベルリンへ向かった。僕たちはそれ以来、会っていない。

二〇二一年七月十四、十五日

＊メッシ　アルゼンチン出身のサッカー選手、リオネル・メッシ。一九八七年生まれ。二〇〇四～二一年にFCバルセロナに、以降はパリ・サンジェルマンFCに在籍。バロンドールをサッカー史上最多の七回受賞し、史上最高の選手の一人とされる。

✺訳者あとがき

植物園に勤務していた陳春成が、余暇に書いた短編小説「裁雲記」でデビューしたのは二〇一七年、二十七歳の時である。以後、三年間で短編九篇を発表し、豊かなイマジネーションと、古今東西を自在に行き来する幻想的な作品世界で多くの読者を驚かせた。隠遁と消失、万物との無形のつながりの中に安らぎを得る作中人物の姿は、激動の中国社会に疲れた若者たちの大きな共感を呼んだ。

「音楽家」（一九）が文芸誌『収獲』で中編小説賞を受賞したのを皮切りに、彼の作品はたちまち文学界を席巻した。初の小説集《夜晩的潜水艇》（二〇）はインターネットサイト「豆《ドウ》瓣《バン》」の中国文学小説類ランキング一位、週刊誌『亜洲週刊』十大小説ランキング二位、第一回ＰＡＧＥ ＯＮＥ文学賞、第四回ブランパン理想国文学賞、単向街書店文学賞第六回年度作品賞を獲得した。

《夜晩的潜水艇》収録の九篇のうち〈紅楼夢弥撒〉（紅楼夢ミサ）を除く八篇は、拙訳による日本語版『夜の潜水艦』として二三年に刊行された。作者と収録作品について、詳しくは同書「解説」を参照されたい。

本作「雪山大士」は二一年、受賞ラッシュ後の約二年間にわたる沈黙を破り発表された短編である。

作中人物「D」のモデルとなったのは、経歴からわかるようにドイツ出身の元サッカー選手セバスティアン・ダイスラーである（もう一人のモデルはブラジル出身のジエゴ・リバス・ダ・クーニャだそうだ）。「世紀のタレント」と呼ばれたダイスラーは怪我と鬱病に苦しみ、二十七歳で引退した。本作初出誌に掲載された創作談によれば、二〇年秋ごろからサッカー選手の療養生活を描く作品を構想したが、「まじめすぎて面白くない」と感じて書かなかった。膝に耳をあて関節の音を聴こうとする選手の姿と雪山大士像に接点を見いだしたことが、本作の完成につながったという。

陳春成の読者は日本でも徐々に増えており、早くも次作が待ち遠しいとの声が聴かれる。訳者も同感だが、作者がかつて「自分が繰り返し読むことのできる作品を書くこと」を最大の目標と語ったように、時流に呑まれることなく、今後も自身が満足できる作品を書き続けてほしいと願っている。

■大久保洋子（おおくぼ　ひろこ）
翻訳に、紫金陳『検察官の遺言』、郝景芳『流浪蒼穹』（共訳）、「ポジティブレンガ」（『絶縁』）、陸秋槎「物語の歌い手」「ハインリヒ・バナールの文学的肖像」（『ガーンズバック変換』）、宝樹「時の祝福」（『移動迷宮』）、江波「太陽に別れを告げる日」（『時のきざはし』）、葉広芩「外人墓地」（『胡同旧事』）、郁達夫「還郷記」（『中国現代散文傑作選一九二〇―一九四〇』）など。

# モロッコ王子

徐 則臣
上原 かおり訳

原題　〈摩洛哥王子〉
初出　《長江文芸》2015年第9期
テクスト　《小説月報》2015年第10期
作者　【じょ そくしん　Xu Zechen】
1978年江蘇省連雲港市東海県生まれ

もしもその流しの歌手と出会っていなかったなら、俺はこの生涯でモロッコがどこにあるかなんて関心を持つことはなかっただろう。その男はほんとに歌がうまく、声はまるで劉歓《リウ・ホアン》*のようになったり、張雨生《チャン・ユィション》*のようになったりした。そいつが田震《ティエン・ジェン》*の『自由自在』を真似ている時、俺はその後に付いて行った。あの絞り出すような、気だるく、それでいて激しく昂った声は、ほんものそっくりだ。もちろん、付いて行く前に俺は十元をやった。金を渡す時、俺は顔を赤らめていた。しまった、と思っていたのだ。十元は端金《はしたがね》ではない。だがもう金を取り出してしまった。またポケットに引っ込められるわけないだろう。俺はポケットに一元札が入っているのをはっきり覚えていたが、取り出してみたら三枚とも十元。ああ、まったく。惜しいが腹を決めて一枚は渡さなければならない。そいつは俺の顔が赤くなったのは気持ちが昂っているからだと思ったらしく手招きした。「気に入ったなら付いてきて聞きなよ」。そいつは俺が田震の歌が好きだと見て、その後歌ったのはどれも田震、『執着』『乾杯朋友』『月牙《げつが》泉《せん》』『未了情《みれん》』だった。地下鉄の車両を端から端まで移動しながら歌っていった。西直門駅に着いたので、俺は降りなくてはならなくなった。

そいつは弾き語りを中断し、身体をひねって自分の背中を指差した。ジャケットには五つの文字がプリントされていた――摩洛哥《モロッコ》王子。

部屋に戻って、俺は行健《シンジェン》に話した。「モロッコ王子に会ったぜ。モロッコって、どこにあるんだろうな?」

行健はフンと鼻をならして、「俺なんかスペインの王妃に会ったことがあるぜ」と言った。

*劉歓
一九六三―。中国の著名なシンガーソングライター。主な音楽活動は、北京オリンピック開会式でのテーマソング『我和你(私とあなた)』の歌唱、テレビドラマ『後宮甄嬛傳(宮廷の諍い女)』の音楽担当等。

*張雨生
一九六六―一九九七。台湾のポップシンガー、作曲家。代表曲に『大海』。歌手・張惠妹(チャン・ホェイメイ)のプロデュース等、音楽プロデューサーとしても活動した。「音楽のマジシャン」と称えられたが交通事故のため早世。

米蘿《ミールオ》は早くも自分のお宝が入った箱から世界地図を取り出していた。露天の古本屋で二元出して買ったものだ。「北アフリカ、北アフリカにある。すぐ上はスペインだ。兄貴、すごいぜ！モロッコとスペインが近いってことも知ってんだな」

「知るかよ！」行健は口から出任せに言っただけだったが、思いがけず当たったので、虚栄心を少しばかりくすぐられた。「どれどれ俺様が見てやろう。そのモロッコとやら、どこにあるんだ？」

行健が俺たちのちっぽけなテーブルに地図を広げ、俺も首を伸ばして覗き込んだ。モロッコの頭上にはスペインだけでなくポルトガルもあった。左は広い大西洋、右はアルジェリア。国境の南は地理の教科書でしか見たことのないモーリタニアだった。

俺たちはひとしきりモロッコについてとりとめもなく話した。国名以外、何一つ知らなかったから、余計に話がはずんだ。俺たちはこのよくわからない国について、有名な山や大きな河、観光地の伝統的な建物、見当もつかないほど多い見物客について想像した。俺はモロッコ王子のことを行健と米蘿に話した。そいつの顔がモロッコ人みたいかどうかは全然わからないが、鼻はとても高かった、と。

俺たちは話し終わるとすぐに顔や足を洗って床についた。そしてモロッコのことも流しの歌手のこともすぐに忘れ去ってしまった。覚えていられないのではなく、エキサイティングなあらゆることは結局どれも俺たちには関係がないのだ。俺たちの生活に奇跡は永遠に起こり得ない。俺たちは未だに北京の西の外れの平屋の一室に住んでいて、昼夜逆転した生活を送ってい

＊田震　一九六六―。ロック、ポップシンガー。中国にロックが現れた一九八〇年代から活躍し、個性ある実力歌手として注目された。代表曲に『野花』『執着』がある。

る。俺は相変わらずしょっちゅう地下鉄2号線沿線に出没し、偽の証明書を売っている叔父の洪三万《ホン・サンワン》の下で、人の目を盗んでこそこそ小型広告を打っている。行健と米蘿も同じで、彼らは陳興多《チェン・シンドゥオ》の小型広告を手伝っている。たまに俺たちは同じ通りや同じ地下鉄線の沿線で顔を合わせることがある。ある日の夕方、西直門駅の地下鉄出入口の風が当たらない場所で焼き芋を食っていると、行健が背後から肩を叩いた。「お前が言ってた〝モロッコ王子〟を見かけたぞ」

「あいつ、一着しか服がないのか？」と米蘿が言った。二人が見たのも例の「摩洛哥王子」とプリントされたジャケットだったのだ。「それにあいつは、鳥の巣みたいに髪がくしゃくしゃの女の子を連れてたぞ。妹かな？」二人がモロッコ王子を見た時、彼は水筒の水を注ぎ、小汚い女の子に飲ませているところだったという。

俺が知る訳ないだろう。

「あいつにお前のことを話したらよ、」行健は言った。「なんとなんと、覚えていたぞ」

俺は焼き芋を食い続けた。行健の言うことは話半分に聞いておけば良い。

「信じないのかよ？」米蘿が言った。「俺たち本当にお前のことを話したんだぜ。お前があいつに十元やったと言っても思い出さなかったけどよ、田震の歌を聞こうとして先頭車両から最後の車両まで付いて行ったんだと言ったら、すぐに思い出したぜ。あいつが言うには、あの兄ちゃんはカーキ色の軍用ショルダーバッグを背負っていた、だとさ」

どうやら本当らしい。あの日、俺はたしかにカーキ色の軍用バッグを背負っていた。実はここ数年はいつもこのバッグ、これきりだ。小型広告を作る道具たちが中に入っている。叔父の電話番号が彫られた大きなスタンプ、インク、インクをぬる刷毛、叔父の電話番号と偽造証明書の業務内容が印刷された名刺。もちろん急に備えて紙とペンもある。名刺を撒ける時には名刺を撒き、直接でかいスタンプを押せるときにはスタンプを押し、ダメなときには手当たり次第、字を書ける場所にペンで叔父の名前と電話番号を書く。

「あれは、あいつの妹かなあ?」米蘿がまた聞いた。「着てるものがよ、明らかにあいつに比べてみすぼらしかったぜ」

俺は本当にわからない。俺だってあいつには一度しか会ったことがないのだから。

焼芋を食った後、俺は二人に付き合って道端でタバコを吸った。突然の秋風に紙切れや葉っぱが吹き飛ばされて地下鉄の出入口に入り込んだ。人がたくさん出てきたが、この秋の夕暮れのように、勢いがなく弱々しい感じがした。最後に出てきたのはよく響く歌声だった。「湖面に映る美しき白塔、緑の木、赤い壁に囲まれて、小舟は軽やかに、たゆたうよ水に、そう、水に、爽やかな涼風《すずかぜ》が吹く」*。ギターの音はしないが、「モロッコ王子」が来たのだとわかった。案の定、やつとボサボサの三つ編みを二本垂らした女の子が駅から出てきた。やつはその子に『譲我們蕩起双槳(オールをこぎましょう)』の歌い方を教えている。女の子は六つか七つくらい、鼻は高くなく、顔は薄汚れていて、上着は北方の田舎村で布団に使うような花柄の生地のものだった。モロッコ王子は二十を少し過ぎたくらいだろう、見たところ行健と米蘿より年上のようだ。

*湖面に映る美しき白塔 児童向け映画『祖国的花朶(祖国の花)』(一九五五)の主題歌『譲我們蕩起双槳(オールをこぎましょう)』の歌詞。喬羽(一九二七―二〇二二)作詞、劉熾(一九二一―一九九八)作曲。

「おまえらか――」とモロッコ王子は言った。

「一服するか？」行健は右手の指に挟んだ中南海のタバコを振った。

モロッコ王子は笑って、ポケットから一つかみ小銭を取り出し、女の子に渡して言った。「道を渡る時は安全に気を付けるんだぞ。歌詞を忘れるなよ」

女の子は少しためらったが、やはり受け取って、彼に手を振った。「ありがとう、お兄ちゃん、覚えているよ」そう言うと、縁石を飛び越えて向こう側へ渡って行った。

俺たちが一箇所に固まってタバコを吸っていると、まるで不良グループみたいだった。「妹か？」俺はやはり尋ねた。

「花ちゃんかい？　いや」モロッコ王子がタバコを吸う手つきはとても小慣れていた。「地下鉄で知り合ったんだ」

「あの子、あれは一体――何やってるんだ？」米蘿が聞いた。

「金をもらってるのさ」

「金をもらってる」ということは「物乞い」ってわけだ。地下鉄にはありとあらゆる物乞いがいる。障害者、モロッコ王子のように芸を売る人、老人、あの女の子みたいな子ども――花ちゃんて言ったっけ？

「最近いつもあの子に会うんだ」とモロッコ王子は言った。

「なんで、金なんかやってるんだよ？」米蘿は聞いた。

「一日の稼ぎが足りないまま家に帰ると親父に殴られるらしいんだ」

俺たちは頭にきた。なんてひどい父親だ！　そのうちそいつを取っ捕まえて、きっちり懲らしめてやろう。

「まあ落ち着けよ」モロッコ王子は俺たちをなだめた。「俺も花ちゃんの親父と話したいけど、花ちゃんが嫌がるんだ。話せばもっと殴られるって怖がってる。おまえらは何の仕事してるんだ？」

俺は小型広告をやっていると言おうとしたが、行健が俺を睨んで言った。「あんたの名前は？」

「王楓《ワン・フォン》だ」

「その服に〝モロッコ王子〟ってプリントしてあるけど、どういう意味なんだ？」

「ずっとバンドを作りたいと思ってるんだ、〝モロッコ王子〟って名前で。俺がボーカルをやるんだ。でも、すぐには無理だな。まだあるか？　もう一本もらえないか」

わかってきた。こいつは単に想像の中の「モロッコ王子」のボーカル、あるいは「モロッコ王子」の「王子」に過ぎない。だが広告はよくできている。まだ何の当ても無いうちから、もうバンド名を服にプリントしたのだ。

俺たちは二本目のタバコを吸い始めた。西直門に夕闇が訪れ、タバコの火をもみ消したその瞬間、空が暗くなった。

翌日の午後、俺たちはいつもより早く家を出た。地下鉄の切符を買って、2号線を何度も乗り降りした。どうせ駅を出さえしなければ、何駅乗っても、何時間乗っても一枚分の金で済む。俺たちは王楓に会うまで、二駅ほどで降りて次の電車に乗り換えるのを繰り返した。出かける前に、俺たちは同じことを考えていた。地下鉄に王楓の歌を聞きに行こうぜと話しただけだったが、実のところは三人とも、バンド、「モロッコ王子」のことを考えているのを互いにわかっていた。正直言って、これはここ何年もの間で唯一、俺たち三人が心を動かされた事だった。昨日俺たちは長い夢を見た。自分がモロッコ王子の一員になって、テレビや映画の中、街中にいるバンドと同じように、演奏したり、歌ったり、踊ったりするのを夢に見た――バンドのメンバーになれば、なんと言っても証明書の偽造を生業としている洪三万や陳興多の下で小型広告を手伝うより立派だし体裁が良い。それは俺たち三人ともわかっている。だが、楽器という楽器を俺たちは一つも演奏できない。歌もむやみに歌うだけだし、ダンスはと言えば、行健が中途半端なブレイクダンスを少し踊れる程度だ。昨日の明け方、部屋に帰ってから、行健は少し踊ったが、踊り続けられなくなるとすぐに「ガラス拭き」の動作を繰り返した。その動きは本当にガラスを拭いているみたいだった。俺たちはみな「モロッコ王子」のメンバーになりたいと思っているが何も取り柄がないから誰も本音を漏らさず、ただ王楓が歌うのを見に行こうと言うだけだった。いいね、行こうぜ行こうぜ。そして俺たちは雍和宮駅で梅艶芳《アニタ・ムイ》*の『女人花』を歌っている王楓を見つけた。俺たちは手すりにつかまって一列に並んだ。王楓が余韻を漂わせながら最後のフレーズ――「女は花の如き夢のように」と歌い終わった時、熱烈に拍手して一斉に叫んだ。

「いいぞ！」

乗客たちは金を出し始めた。俺は思い切って、王楓が斜め掛けにした大きなフェイクレザー

*梅艶芳
一九六三―二〇〇三。かつて絶大な人気を誇った香港の歌手、女優。代表曲に、映画『アゲイン 明日への誓い』（一九九〇）の主題歌『夕陽之歌』、出演作品に『新Mr.Boo! 香港チョココップ』（一九八六）がある。

のバックの開いた口に金を押し込んだ。見ると行健と米蘿が放り込んだのも十元だった。

王楓は歩き続け、歩きながら歌った。その電車の先頭車両から最後尾まで移動しながら歌い、降りて別の電車に乗り換えた。再び先頭車両から最後尾まで歌って、さらに次の電車に乗り換えた。俺たちは付いて行き、手を叩いて「いいぞ！」と叫び、時たま一つ二つ硬貨を投げ入れた。実際、ほとんど金を持っていなかった。俺たちの想像では、これは「モロッコ王子」のメンバー全員の行進しながらのパフォーマンスだった。

夜七時に「モロッコ王子」の行進は終了し、王楓が、一緒に飯でも食って話そうぜと言った。俺たちはみな賛成した。王楓は、花ちゃんに会えるかどうか行ってみようと言った。ボーカルがそう言ったので、俺たちは当然それに続いて、いいよ、なら一緒に探しに行こうと答えた。

地下鉄の前門駅で花ちゃんを見つけた。彼女は車両の中をゆっくり歩いていた。カップ麺「康師傅《カンシーフ》」のよれよれの容器を捧げ持って、一言も発さず、人と見ればすぐにおじぎをし、それからもの欲しそうな目で相手をじっと見つめる。相手がカップに小銭を入れるまで、寝たふりをしている乗客が絶対に金をくれそうにないと確信するまで見つめ続け、それからようやく次の客の前に行っておじぎをする。

「花ちゃん」と王楓が呼んだ。

花ちゃんは俺たちを見ると、カップ麺の容器を抱えてパタパタと走ってきた。「お兄ちゃん」と言って王楓のそばで立ち止まり、ごく自に王楓の手をつかんだ。

「今日は足りるか？」

花ちゃんは王楓に向かって首を横に振り、悔しそうに口をへの字に曲げ、涙を滲ませた。

「大丈夫だよ、花ちゃん、とりあえずお兄ちゃんとご飯を食べに行こう」

前門のその飯屋は狭く、小さなテーブルが六卓しか置かれていなかったが、俺たちはみな美味《うま》いと思った。家庭料理をどうしたらそんなに美味く作れるんだろう。俺たちは思いきり飲んだ。もちろん花ちゃんは飲まず、食べるのが専門だから、彼女のためにさらに一つセロリの肉炒めを注文した。王楓はかなり飲める口だった。行健は空になったビール瓶を数えると、もうこれ以上は張り合わないと決めた。本当にとことん飲めば誰が倒れるかわかったものではない。俺は、やはり王楓の方が飲めると思った。なぜならその勘定を持ったのは彼だったからだ。王楓は全く素面《しらふ》で言った。「おまえらが俺の歌を聞いてくれるなら、飯どころか、この王楓、血を二回売ってもいい」別れ際に、彼はまたはっきりと言った。「じゃあそういうことで、近々おまえらのところに引っ越すからさ」店を出ると夜風が吹いてきて、たいしてビールを飲んでいないのに、俺は酔いが回ってしまった。王楓は素面のまま、花ちゃんの手を取って言った。

「花ちゃん、お兄ちゃんがそこまで送って行くよ」

西郊《シージアオ》の部屋に帰る途中、俺たちはみな、円満な宴、勝利の宴だったと思った。「モロッコ王子」に加わるという話がすぐに解決したわけではないが、王楓が俺たちに加わる話の方は思いがけず解決した。彼の借りている地下室の契約期間が満了になり、更新しなければ大家に追い出されるのだが、迷っていたのだ。彼は日の当たる場所に住みたがっていて、地下室の暗い生活はもうたくさんだった。行健はすかさずこのチャンスを掴み、威勢よく腕を振って言った。

「簡単なことさ、俺たちの部屋のベッドが一つ空いている。兄貴、歓迎するぜ」俺と米蘿も兄貴を歓迎すると言った。

部屋に入ると行健は宝来《バオライ》が残した、空いたベッドを叩いて言った。「来たなら、もう俺たちの仲間だな」

米蘿が言った。「来たなら、俺たちはもうあいつの仲間だな」

二人がそこまではっきり言ったから俺にはもうそれ以上言えることはなく、ただへへっと笑うだけだった。

三日後は週末で、米蘿は占いの本を引っ張り出し、調子に乗って言った。「日柄吉《よ》し。引越しに良し、外出に良し」外からクラクションの音が聞こえてきた。王楓はすでにタクシーで敷地の入口に到着していた。

場所を取る大きなギターを除いて、王楓の荷物は二つしかなかった。スーツケースとビニール製の大きなずだ袋。袋の中には布団一式と枕が入っていた。彼が本を数冊、枕元に並べた時、俺たちははじめて彼が正規の音楽科の卒業生であることを知った。その学校は一度も聞いたことがないし、しかも専門学校ではあったが。二冊は彼が学生だった頃の教材で、その他は映像や伝記の類、エルヴィス・プレスリーについて書かれたもの、バックストリート・ボーイズについて書かれたもの、それからローリング・ストーンズ、魔岩三傑《モーイエンサンジエ》＊、黑豹楽隊《ヘイバオユエドゥイ》＊に

＊魔岩三傑
かつて存在した台湾のレコード会社・魔岩唱片（Magic stone）と契約し、それぞれ人気を博した、中国の三人のロックミュージシャン、竇唯（ドウ・ウェイ）（一九六九—）、張楚（チャン・チュー）（一九六八—）、何勇（ホー・ヨン）（一九六九—）の総称。

＊黑豹楽隊
一九八〇年代に北京で結成されたロックバンド。代表曲に『Don't break my heart』『無地自容』がある。

関する本があった。俺たち三人は急に気が沈んだ。

計画からすれば、王楓の引っ越しが済んだら次の議題に進むはずだった。プレ「モロッコ王子」のことで盛り上がり、互いに「身内」になったことを祝う。具体的に言うと、俺たちは中庭に出て、王楓がギターとボーカル、俺たち三人は王楓に合わせて歌ったり、伴奏したり踊ったりするのだ。この数日のうちに、俺たちは動物園の近くの、雑貨の卸売市場に行って、安い手鼓《てつづみ》や笛、葫蘆絲《フルス》〔ひょうたん笛〕、碰鈴《ペンリン》〔二個で一セットの小さな鐘〕を買い、米蘿はさらにチャルメラまで買った。これらの楽器をどう演奏するのか、俺たちはわからなかった。わからないなら学べばいいんだ。王楓だって生まれつきギターが弾けて歌えたわけじゃないんだから。俺たちはずっと王楓も大人になってから始めたと思っていた。たまたま声が良くて、たまたま真似るのが得意だから歌えるようになったのだと。ちょうど地下鉄の中にいる全国各地から来た流しの歌手たちと同じで、人より度胸があって面の皮が厚いに過ぎないのだと。けれども正式に教育を受けていたなんて。俺たちは突然卑屈になった。俺たち三人の中で高校をまともに卒業した者は一人もいない。もっと絶望的なのは、エルヴィス・プレスリー、バックストリート・ボーイズ、ローリング・ストーンズ、魔岩三傑、黒豹楽隊に関する本だ。本の中のどの人も、ものすごく垢抜けている。ぼろぼろのジーンズをベルトもせずに穿き、裸足でも上半身裸でも、ものすごく垢抜けている。どう見てもこんな場所から出て行って成れるようには見えない。俺たちだって髪をのばせるし、あちこち穴のあいたジーンズ一枚になるまで脱ぐこともできる、なんならパンツ一丁になるまで脱ぐこともできるが、永遠に彼らのようにはなれない。そう考えると俺たちは落ち込み、悲しくなった。王楓が気づいてない内に、行健は手鼓をベッドの下に蹴り入れ、米蘿は葫蘆絲を入れた引き出しを閉じたが、俺が笛を布団の中に押し込む時に、王楓に見られてしまった。

「おまえらどうしたんだ？　親戚か友だちでも死にそうなのか？」彼は俺の布団をめくって笛を掴んだ。「どういうことだ？」

俺は頭をかいて「吹けないんだ」と言った。

「吹けないなら、これから覚えれば良いだろ」

俺は微かに笑った。行健と米蘿もぎこちなく笑った。

「何か変だな」王楓は部屋をぐるりと見回した。俺たちが借りた部屋は広くない。パイプの二段ベッドが二台、たまに食卓も兼ねるぼろい事務机が一つ置かれていて、残りのスペースはわずかだ。彼は数足の臭い靴をよけて一回りし、手を伸ばして引き出しを開けた。葫蘆絲に付いている偽の商標すらまだ剥がしていなかった。「おまえのか？」彼は米蘿に尋ねた。

米蘿は「俺も吹けない」と言った。

「俺もだ」

行健は首をパンと叩いて大きな音を出し、言った。「おいみんな、回りくどいのはナシだ。俺たちはあんたと一緒に盛り上がりたいってこと」彼は腰をかがめてベッドの下から手鼓を引っ張り出し、王楓に投げ渡した。「バンドを組みたいんだよな。俺たちが手伝うよ。音楽とかは俺たちはよくわからないけど、肉体労働なら朝飯前だ」

「わかるもわからないもないさ。一緒に楽しめば良いだろ」王楓は座って、手鼓を膝の上に置くと、ひとしきりポポポンと叩き、立ち上がって言った。「何なら今やってみないか？」

それは間違いなく有史以来、最もへんてこなパフォーマンスだった。俺たちは中庭に立ち、箒《ほうき》を椅子の背もたれに立て掛けてスタンドマイクに見立て、王楓はギターを抱えてそのマイクの前に立ち、弾きながら歌った。俺たち三人は緊張して慎重になり、横一列の状態をキープしつづけ、それぞれちっとも演奏できない楽器を持って演奏しているふりをした。俺の笛は全く口に付いていなかった。米蘿の葫蘆絲は基本的に鼻と目の間にあった。行健は手鼓を叩いたが、まるで痙攣を起こしたようで、ノっている時には音が大きくなり、自信がなくなるとさっぱり聞こえなくなった。それでも俺たちはがんばってギターのリズムに合わせて身体を揺らした。王楓が歌ったのはソフトロックバージョンの『黄土高坡《ホアントゥーガオポー》』＊だった。もしも誰かが通りから見ていたなら、俺たちの気が狂ったと思ったに違いない。揃いも揃って頭を縦に振ったり肩をすくめてみたり、胸を張ったかと思えば尻を突き出し、時には癲癇《てんかん》の発作を起こしたみたいになり、慌てふためく芋虫のように身体をくねらせたり、好き勝手にやった。曲が終わると、自分たちでも笑えてきて、地べたにしゃがみ込むほど笑い、涙まで出てきた。

「パフォーマンスは如何であったか？」行健が冗談めかして聞いた。

「パフォーマンス、成功なり！」米蘿が言った。

「楽しかったな！」王楓が握り拳を突き上げて「イェイ！」と言った。

誰も「バンド」のパフォーマンスが成功したとか、「バンド」が楽しかったとは言わず、「モ

＊『黄土高坡』陳哲（チェン・ジャ）（？—）作詞、蘇越（スー・ユエ）（一九五五—二〇一八）作曲。北方民謡風の歌曲。一九八八年、中央電視台の大型テレビ番組『同一祖先』にて安雯（アンウェン）（一九六八—）により歌唱。

ロッコ王子」には一言も触れなかった。

寒さがコンクリートの床から尻を伝って俺たちの身体に登ってきた。王楓は先に立ち上がった。「さあ、立った立った」彼は言った。「慌てることはない、もし覚えたければ教えてやるよ。楽器によっては、俺も一緒に学ぶ必要がある」

生活は続いた。俺たち三人は相変わらず昼は休み、夜に出かけてあちこちで小型広告を打った。王楓も相変わらずギターを背負い地下鉄や人通りの多い街頭に出入りして歌った。外で会ったら一緒に軽く食った。部屋に帰ると雑談したり、法螺を吹いたり、下ネタを言ったりして、屋上に登り、盛んに成長する北京の街を見ながらトランプをしてビールを飲んだりした。屋上で楽器の演奏を習うこともあった。俺は笛を習い、米蘿は葫蘆絲を習い、行健は手鼓とチャルメラを習った。王楓はよく屋上でギターを弾きながら発声練習や歌の練習をしたり、できない楽器を俺たちと一緒に練習したりした。もちろん合奏もした。怪しい生き物のように、一緒に歌って飛び跳ねた。近所の人たちに迷惑をかけないようにと、一緒にやる時はいつも中庭でやるようにした。酒が入って気持ちが昂った時には、なりふり構わず平屋の屋上に上り、大声で叫んだり思い切り歌ったり跳ねたりもすることもあった。夜でなければ、屋上でのパフォーマンスは近所の人たちをけっこう楽しませた。味気ない生活の中で、わざわざ高い所で恥ずかしげもなくおどけてるやつがいるんだ、猿芝居でも見る気分だったんだろう。他人にどう思われようと、音楽は確かに俺たちの生活に違う味わいをもたらした。考えてみると、俺の衰弱した脳血管も喜びのリズムを刻んでいるような気さえした。

王楓がいるので、俺たちが物乞いの花ちゃんに会う回数も増えた。二人は赤の他人同士で、ただ王楓が地下鉄で歌っている時に何度か花ちゃんと会ったことがあるに過ぎないが、小さい彼女を可哀想だと思い、食べ物を買ったら半分分けてあげ、寒くなれば持っているお湯を分けてあげ、それで知り合いになったというわけだ。花ちゃんは愛らしい子だ。俺たちは花ちゃんの両親がまともじゃないと感じていた。学校に行っているはずの年頃なのに、外に引っ張り出して、毎日地下鉄で物乞いをさせているんだから。でも仕方がない。子どもは他人の子で、たとえ警察に通報しても意味がない。警察だって毎日目を光らせているわけではないだろう。こういう子どもはたくさんいて、北京のあちこちに散らばって通行人に金をせがんでいる。お辞儀をしたり、障害者を装ったり、小型スピーカーを背負って曲を流していたり、調子っぱずれの音程で歌っている子もいる。少し前にニュースで言っていた。ある夫婦が八歳の息子を連れて物乞いしているのを見た某大学教授が、どうして子どもを学校に行かせないのかと問い詰めたところ、その夫婦は方言で言い返した。

「金もねえのに、なしてこの子を学校に通わせれる？」

「お金がないなら稼いだら良いでしょう」

「おらたち、いま金稼いでるでねか！」

それ以上道理を解いても埒《らち》が明かず、その両親は言った。「あんたさんは責任感があって、出来たお方だなあ。あんたさんがうちの息子の学費を出しちくりょ」

野次馬たちはどっと笑って驚きもしなかった。教授は言い負かされてしまったのだ。

それにしても俺たちが許せないのは、花ちゃんの両親が毎日花ちゃんにノルマを課していることだ。今日五十元もらえたら明日は五十五元、明後日は六十元という具合だ。ある日、ひと仕事終えて部屋に戻った王楓は、花ちゃんの両親は人でなしだと激しく罵った。花ちゃんに課したノルマはもうすぐ百元に膨れ上がり、もらった金が百元に達しなければ、家に帰ってきつい お仕置きが待っているというのだ。

あの頃、一日に百元稼ぐのは相当に高いノルマだった。

「何てことはない」行健は言った。「俺たちの方からそのクソ夫婦にお仕置きしてやりゃいいのさ」

米蘿は言った。「ぶちのめしてやる、今後花ちゃんのうぶ毛一本にでも触れさせるものか!」

「問題は花ちゃんがどうしても親の所に連れて行きたがらないことだ」王楓はタバコに火を点けた。「俺もいけなかったんだ。花ちゃんにちょこちょこ金をやって、あいつらに甘い汁を吸わせてしまったから。あいつら、鍋をもらったらオンドルに上がり込むみたいに調子に乗りやがって、目標をだんだん高くしてるんだ」

この件は確かにもとはといえば王楓のせいだ。最初は花ちゃんが数元も稼げず、駅前で泣いているのを見兼ねて十五元やった。二回目に泣いているのを見て二十元やった。三回目は、彼女が恐がって家に帰れずにいるのを見て、また二十元やった。水位が上がれば船も押し上げられるように、得るものが増えれば欲も膨らむ。花ちゃんの恐怖を鎮めるどころか、かえって両親を増長させてしまったのだ。彼らは、娘はきっとやればやるほど稼げるだろうと信じてノルマを吊り上げた。助けるつもりが裏目に出たのだ。そのせいで花ちゃんは今では毎日、家に帰るのをもっと恐れるようになった。なぜならノルマが日に日に高くなって、達成することはとうてい出来なくなっていたからだ。王楓にしても、いつまでも穴埋めしてやることはできない。結局、穴は埋めれば埋めるほど大きくなってしまうのだから。

「王楓、インテリみたいな真似はよせよ」行健は右足を腰掛けの上に乗せた。「この件については俺の言うことを聞け。『懲らしめる』の一言に尽きるさ。ゲス野郎どもをこてんぱんにやっつけるんだ」

「でも俺たち、そもそもあの子の親に会えねえじゃないか」

米蘿も右足を腰掛けの上に乗せた。「探るんだよ」

翌日の夕方、俺たち三人はたっぷり寝てロバ肉サンド*を食べたところで王楓からのショートメールを受け取った——七時に地下鉄復興門駅。これくらいチョロいもんさ、ただの小さな女の子なんだから。俺たち三人は日頃仕事で警察の不意打ちに警戒しなくてはならないから、尾行対策はだいたい身についていて、どうするべきかをわかっている。二回バスを乗り換えて、ぶらぶらと地下鉄付近に着いた時、王楓と花ちゃんは地下鉄でさようならと手をふり、片や東へ、片や西へ向かうところだった。米蘿がパーカーのフードをかぶり、俯いて一番先に付いて行く。その二十メートル後ろが行健。そのまた後ろが俺で、最後は王楓だ。

その道はずいぶん複雑だった。俺たちはどこを歩いたか覚えていられなかった。左へ、右へ、直進したり戻ったり、歩道橋を渡ったりした。花ちゃんはぐずぐずしていて、心配事がずっし

*ロバ肉サンド
原語は驢肉火焼（ルーロウホーシャオ）。こねて発酵させた小麦粉を円形あるいは四角の平たい形に焼き上げたパンに、煮込んだロバ肉を挟んだ食品。華北地域の伝統的な軽食。

りあるかのような足取りで歩き、何かというと振り返って辺りを見回した。もしかしてバレたのではと王楓に聞いたが、彼は大丈夫だと言った。それに、約束の時間に間に合わせて駅前に着くために、花ちゃんを急かして三十元を渡したということだった。「ほとんど手持ちがなくなったよ」王楓が言った。

「この前はおまえが花ちゃんを送ったんだから、どこに住んでいるのかはだいたいわかっているんだろう？」

「いや、あんまり」王楓は言った。「それがその、復興門駅に着いた時、背を向けてタバコに火を点けている隙に、あの子が姿を消しちゃってさ」

花ちゃんは立ち止まり、膝をかかえて道端に腰を下ろした。頭上に街灯があるので、彼女の影はほとんど身体に吸い込まれている。俺たちはゆっくり近づいて行った。歩行者と車がひっきりなしに行き交い、辺りに光と影が交差していたので見つかる心配はなかった。突然、彼女は立ち上がって道路を横切った。一台の車が急停車して、鋭いブレーキの音が俺の脳に響いた。花ちゃんはきっと驚きのあまり固まってしまったに違いない。そのアウディA6は花ちゃんの二、三センチ手前で止まり、彼女はその場に立ち尽くしていた。王楓がぱっと駆け出し、俺も付いて行った。彼女ははまだその場に立っていて、王楓が抱きしめた時、全身震えていた。車の主は冷汗を拭きながら車から出て来ると、取り乱した様子で怒鳴った。

「こらっ！　死にたいのか！　それとお前、お前たち、子どもから目を離すなよ！　こっちはただでさえ神経質だってのに、この先運転できなくなるじゃないか！」

王楓は謝りながら花ちゃんを抱えて歩道に戻った。花ちゃんは王楓に抱きつき、ウワーンと泣き出した。街灯の下、花ちゃんの目尻と右手の甲に青痣ができているのが俺にも見えた。行健と米蘿も寄ってきた。

「あの人たちに殴り殺される！」花ちゃんはしゃくりあげながら言った。「殴り殺される！」

米蘿は「誰に？」と聞いた。

「殴り殺されるよう！」

俺は行健の耳元でささやいた「この子、本当の子かな？」

行健が首にパンと手をあてて言った。「そうだよな、何でそこを思いつかなかったんだ！」

まずは花ちゃんを送り届けなくてはならないが、花ちゃんは送らせてくれず、見送るのもダメで、俺たちが帰るのを見届けるまでは帰らないと言った。花ちゃんによれば家はもうすぐそこだという。

尾行は終わった。俺たちは先にその場を離れた。帰り道でまた花ちゃんが本当の子かどうかを話しあった。王楓も疑っていると言った。花ちゃんが親の話をする時はいつも「あの人たち」と言う。子どもに「あの人たち」と呼ばれる親がいるだろうか。

俺たちの懸念は的中した。数日後、王楓が真相をつきとめた。花ちゃんは彼の誘導質問によって、やっと本当のことを話したのだった。北京の「父ちゃん母ちゃん」には八人の子どもがいる。年齢は五歳から十四歳とばらばらで、一番下の弟が「父ちゃん母ちゃん」に連れられて駅などの公共の場で物乞いをしているほかは、上の子たちはみんな単独行動している。朝早くに出かけて日が暮れてから帰る。自分でシマを見つけ、毎日の物乞いのノルマは五十から百元と、それぞれ違う。一家は二間の部屋を借りていて、復興門から遠くはなく、彼女とほかの三人の姉妹は床に敷いた一枚の布団にくっつき合って寝ている。そこは花ちゃんが目を閉じていても見つけられるが名前は言えない。彼女は字が読めないのだ。「父ちゃん母ちゃん」は彼女を学校にやる気もない。

「実の子か？」

「十一歳の姉と末っ子の弟はな」王楓は言った。「ほかはみんな違う」

「誘拐されて——売り飛ばされた？」俺はその言葉を口に出すのをかなり躊躇《ためら》った。こんなことは新聞に毎日載っているが、いざ目の当たりにしても、まだ遠くのことのように感じられる。

「何度も転売されたんだ」

つまり花ちゃん自身もどうやって今の「父ちゃん母ちゃん」ができたのかわからず、どうやって北京にたどり着いたのかもわからない。彼女が本当の家を離れたのは、五歳になったばかりの時だった。

「今はいくつなんだ？」

「十歳だ」

もっと幼く見える。無理もない。長年びくびくしながら生きてきて、まともな食事もしていないだろうから、きっと栄養不良なんだ。

「花ちゃんは昔のことを覚えているのか？」

「あまり覚えていないらしい。覚えているのは、父親が酒臭かったってことだけだ。家には弟もいたようだ」

「どこの出身なんだ？」

「さあな。父親と一緒に山の方に遊びに行ったらしい。山奥だ。酒の匂いがする父親が道端の石に腰掛けて俯いていたってさ。誰かが彼女の目の前で棒付きキャンディーをちらつかせて歩いていたから、訳もわからないまま付いて行ったみたいだ」

「それで？」

「連れ去られたんだ。それから、いくつも場所が変わって、次から次へと違う人に連れて行かれた。美味《うま》いものを食わせてくれた人もいれば、殴ったあげく飯も食わせない人もいたらしい」

「山の名前は何て？」

花ちゃんは覚えていなかった。王楓は彼女を帰らせてから考えた。

二日後の午後、ちょうど寝ている時に行健の携帯電話が鳴った。王楓のメッセージだった。

「龍虎山。そういう場所があるかどうか調べてくれ。花ちゃんがこの名前をぼんやり思い出したんだ。本当の家から遠くないらしい」

俺たちは直ちにベッドから飛び降りて、本屋へと走った。海淀《ハイディエン》図書城*で、三人で手分けして探すことにした。行健は観光地のガイドブック、米蘿は有名な山や河のガイドブック、俺は色々な地図帳をめくった。夜、八時十五分前に、俺は江西省の地図に龍虎山の名を見つけ

*海淀図書城
一九九〇年代、北京の海淀区にできた書店街。一時は二百あまりの書店が軒を連ねた。二〇一四年に科学技術革新と産業発展を推進する地区（中関村創業大街、Z-Innoway）となった。

た。地図の右下の注釈によると、龍虎山は江西省鷹潭《ようたん》市から南西に二〇キロの貴溪《きけい》市内にあった。その後、俺たちは、周辺の地理環境や風習、土地柄、食べ物も含めて、龍虎山と関わりのある資料を引き続き手分けして調べた。花ちゃんの記憶を呼び起こす可能性のあるものは全て、ひとつも漏らさなかった。部屋に戻ると、王楓がすでに帰っていた。俺たちは大量の情報をまとめて伝えた。王楓はしばらく考えて言った。そうなのかもしれない。花ちゃんの訛った標準語には確かにちょっと湖南や江西の辺りの訛りがある。

また二日過ぎ、証拠がそろった。花ちゃんの家が江西省の鷹潭付近にあるのはほぼ間違いないだろう。王楓が鷹潭の日常生活の最も顕著な特徴を一つ一つ挙げてヒントを与えると、花ちゃんの遠い記憶の中の断片的な印象がゆっくりと浮かび上がってきたのだ。花ちゃんは慎重だった。情報が一つ明らかになるたびに、北京の「父ちゃん母ちゃん」に知られたくないから誰にも話さないで欲しいと王楓に懇願した。彼女はこの場所を離れたがっているが、立ち去るのが怖くもあり、広い世界は彼女にしてみれば恐ろしい落とし穴だった。どうやって彼女の本当の親を探すか、俺たち四人は毎日話し合ったが、髪の毛をかきむしっても糸口は見つからなかった。彼女は村と両親の名前をまるっきり覚えていなかった。自分がもともと何という名字だったかさえ忘れていた。俺たちは毎日話し合ったが、毎日ため息をついて終わった。

ある木曜日の昼、出かけてから二時間も経たない内に王楓は帰ってきた。後ろに花ちゃんを連れていて、彼女はハンバーガーを食べていた。口の端が切れているので、慎重に口を開けているが、ひどく飢えているのは明らかだった。頬骨のあたりに青痣《あざ》があり、左手の手首にも瘡《かさ》蓋《ふた》ができていた。膝に怪我をして、爪先立ちで歩いていた。昨日の夜、「父ちゃん」に殴られたのだ。花ちゃんの昨日の稼ぎはなかなか良かった。帰宅した時にはまだ「父ちゃん母ちゃん」が帰っていなかったから、布団に横になってうっかり眠り込んでしまい、目覚めた時にポケットから三十元が消えていることに気づいた。そばにいた兄弟たちがみな首を横にふったので、「父ちゃん」は怒って、花ちゃんをこっぴどく殴ったのだった。

行健は言った。「そんな生活、やってられないだろう」

米蘿は言った。「まずは奴を痛い目に合わせてやらないとな」

俺は言った。「やっぱり自分の家じゃないとなぁ」

王楓は行健からタバコを一本もらい、いまいましげに吸った。一口吸う度に、そのタバコを吸い尽くさんばかりの勢いだ。「それなら――」王楓はつぶやいた。「花ちゃんを鷹潭に送り届けるか？」

王楓はゆっくり言葉を発した。この考えに彼自身も驚いていたに違いない。鷹潭に連れて行けば終わりではなく、彼女のために本当の親を探し出す必要がある。海に落ちた針を探すようなものだ。部屋はとたんに静まり返り、花ちゃんが小さく口を開けてハンバーガーを食べる音だけが聞こえてきた。

「花ちゃん、自分の家に帰りたいか？」王楓が聞いた。

花ちゃんはきょとんとして、俺たち四人を順々に二度見回し、恐る恐る「わからない」と答えた。

「花ちゃん、怖がらなくて良いんだよ。お兄ちゃんに話してごらん」王楓は水の入ったコップを彼女の前に差し出した。「家に帰りたいか？」

「お兄ちゃん、あたし本当にわからないよ」花ちゃんは泣いた。

「花ちゃん。おうちに帰りたいなら頷いてみて。お兄ちゃんが連れて行ってあげるから。お兄ちゃんが父ちゃんと母ちゃんを探すのを手伝うよ」

俺たちは花ちゃんをじっと見つめた。花ちゃんはハンバーガーを置き、一分後に頷いた。

「よし、切符を買って出発だ！」

「決めたのか？」

「決めた」

行健と米蘿と俺は一人二百元ずつ出し、王楓に無理やり手渡した。ほんの気持ちだ。こんなことしかできない。王楓は俺たちに、心配しないでくれ、一ヶ月後には必ず戻ると言った。何てことない、歌いながら探すさ、俺が歌えるし花ちゃんも歌える、最近、花ちゃんは何曲も覚えたし、歌い方も様になってきたと。俺たちは屋上で王楓と花ちゃんの壮行会を開き、ビールを飲んでロバ肉サンドを食べた。

俺は壁に正の字を書いて日数を数えながら王楓の帰りを待った。一週間が過ぎ、半月が過ぎ、一ヶ月が過ぎ、四十日が過ぎた。王楓からショートメールが届いて、まだ探している、鷹潭がこんなに広いとは思わなかったとあった。良い知らせとしては、花ちゃんの歌はますます上達し、ギターもメロディーを弾けるようになった、音楽の才能がある、ということだった。

二ヶ月が過ぎた。北京は厳寒期を迎えた。

十四個目の正の字にあと一画という日に、北京は大雪になった。俺と行健、米蘿は部屋にこもって火鍋を食べた。借り物の鍋で白菜三株とバラ肉を三キロ煮こみ、湯気を浴びながら、王楓からの電話に出た。鷹潭もきっと寒いのだろう、王楓は声を張り上げていて、スピーカーにしなくても声が聞こえた。彼は電話口で言った。

「行健、米蘿、穆魚《ムーユイ》、証明して欲しいんだ。俺は花ちゃんを家まで送り届けているんだよな——」

鷹潭の風の音は大きく、それよりも大きな人の声、荒々しい江西訛りの男の声が行健の携帯から飛び出してきた。「証明？　どうやって証明するんだ？　誰が信じるものか！」

またもう一人、荒々しい江西訛りの男の声がした。「こいつと話すだけ無駄だろ！」

その語尾がさらに大きな風の音と混じった。そしてとても大きな衝撃音と何かが割れる音がした。行健の携帯から、俺たちを焦らせる、永遠に続くような通話中の音が流れた。行健は携帯に向かって、もしもし、もしもしとしばらく言い続けたが、やっぱり話し中だった。彼は王楓に電話をかけ直したが、なめらかで美しい女性の声が聞こえてきた。

「おかけになった電話は電源が入っていません」

三ヶ月後、俺たちは実家で春節を過ごし、Uターンラッシュの人波と共に北京に戻って来た。北京は再び果てしなく広大な、全国各地から人が集まる大都市になった。ある日の午後、洪三万の所で印刷したての名刺を受け取って帰ってきたら、ピンク地に白い小さな花柄のダウンジャケットを着た女の子が門の前に座っていた。俺が咳払いをすると、その子は顔を上げた。花ちゃんだった。

「花ちゃん、王楓は?」

「お兄ちゃんはまだ帰って来てないの?」

「父ちゃんと母ちゃんは見つかったかい?」

「見つかったよ」花ちゃんはそう言って、しばらく敷居を蹴り、「だけど父ちゃんが、お兄ちゃんが私を誘拐して売り飛ばしたって言ったの」と言った。

なんてこった。この件に王楓がどう関係してるっていうんだ。だが花ちゃんの親父は断言したのだ。ほら見ろよ、俺の娘はこいつに付いて歌を歌って金を稼いだんだ。稼いだ金はきっと全部こいつのものになったに違いない。あんたたち信じないのか? 俺の娘の歌を聞いてみろよ、うまいだろ? ほら、あんたたち聞きゃあわかるだろう。こんな小さい子がこんなにたくさんの曲を覚えるには、どれだけ練習が必要だと思う? あんたたち、この男が娘を送り届けようとしたって信じるのか? 誰が信じるもんか! 世の中にそんなお人好しがいるなんて信じられるかい？　な、信じられないだろう。みんな、手を貸してくれ、こいつのその楽器を取り上げるんだ、それに金も。こんなやつは警察に突き出すべきだ！　清潔でまともなふりして、人の家の玄関先にまで騙しに来るとはな！

村の入り口で、村人たちは王楓の携帯電話を叩き壊し、彼を派出所に突き出した。王楓と花ちゃんがどう説明してもだめだった。王楓は当然釈明しようとしたが、村人たちは耳をかさなかった。一方、花ちゃんが説明しようとすると、この悪い男に脅されているからに違いないとされた。事の経緯はその村で突然極めて単純になった。つまりそういうことだ。きっとそういうことだ。疑いの余地はない。

花ちゃんが王楓を見たのもそれが最後だった。

俺は門を開けたが花ちゃんは入って来なかった。花ちゃんは「ちょっと見に来ただけ」だと言い、そして激しく泣き出した。「お兄ちゃんが帰って来てると思ったの」

王楓は帰って来なかった。

数日経って、行健と米蘿は地下鉄で花ちゃんを見かけたと言った。花ちゃんは歌で稼いでいた。ギターをかかえ、歌い方も板に着き、後ろにいた小柄な男が金を受け取っていたという。

「あいつ、誰だと思う？」米蘿が俺に聞いた。

「花ちゃんの実の親父」

「なんでわかるんだよ？」米蘿は言った。

俺の推測と言えばいいだろうか。

「顔、激似だったぜ」行健が言った。「鼻ペチャなところがな」

## ✺訳者あとがき

徐則臣（一九七八―）は江蘇省東海県の農村に生まれた。村の小学校で学び、その後家を出て鎮の中学へ、県城の高校へ進学した。南京師範大学卒業後に中国文学の教員となったが、二〇〇二年に北京大学の大学院へ進学し、修士課程を修了して、《人民文学》雑誌社の編集者となり現在に至る。作家としては、〈憶秦娥（秦娥をおもう）〉（〇二）発表以来、次々に新作を発表し、これまでに小説月報百花文学賞、魯迅文学賞、老舎文学賞、茅盾文学賞など、多くの文学賞を受賞している。

今回翻訳した「モロッコ王子」は小説月報百花賞を受賞した作品である。その日暮らしの「俺たち」三人組、流しの歌手、物乞いの少女が北京の街で出会い、そしてまた別れてゆく。コンプレックスをかかえる「俺たち」が見たささやかな夢、流しの歌手の義侠心、そして、誘拐あるいは親に売られる女児や乞食稼業をめぐる世の闇が描かれる。「俺たち」にはあまりピンとこない「モロッコ」や「王子」は、流しの歌手との距離感のアナロジーになっている。

徐則臣の作風は主に二系列あるとされる。一つは「京漂《ジンピアオ》」系列で、同時代の北京を舞台に、田舎や地方都市から出てきた若者たちが北京の片隅で生きるさまを描く。登場人物たちは不法な仕事をしていたり、物書きや大道芸で糊口を凌いでいたり、大学付近に下宿して受験勉強していたりと、先の見えないその日暮らしを送っている。徐則臣自身も、かつては北京戸籍を持たない「京漂」だった。通勤中の車窓から街を観察し、「京漂」と思しき人々に共感し、注視し、記憶して作品にかえた。この系列の主な作品には、出世作の「中関村を駆けぬけて」（〇六、金子わこ訳、本誌十二号）や「もし大雪で門が閉ざされたら」（一二、金子わこ訳、本誌十九号）があり、「モロッコ王子」もこの系列に属する。

もう一つは「故郷」系列で、徐則臣の原風景とも言える水辺の村や街を舞台に、少年の成長の記憶が語られる。この系列の作品には「アヒルが空を飛ぶなんて」（〇三、金子わこ訳、本誌六号）をはじめ、〈花街《ホアジエ》〉（〇四）、〈蒼声〉（〇七）、〈鏡子与刀（鏡とナイフ）〉（〇八）があり、その多くは「花街《ホアジエ》」を舞台としている。水辺の街の風情を描く手腕は、長編《耶路撒冷（エルサレム）》（一四）や《北上（北へ）》（一八）に活かされた。前者は老舎文学賞、後者は茅盾文学賞を受賞し、大きな文学賞をいずれも最年少で受賞したことが話題になった。

■上原かおり（うえはらかおり）
翻訳に張小波「検察大官」、韓松「再生レンガ」、飛氘「巨人伝」、郝景芳「遠くへ行くんだ」（以上『中国現代文学』ひつじ書房）、韓松「地下鉄の驚くべき変容」（『時のきざはし　現代中国SF傑作選』新紀元社）、飛氘「移動迷宮」「孔子、泰山に登る」（以上『移動迷宮』中央公論新社）、王侃瑜「語膜」（『中国女性SF作家アンソロジー　走る赤』中央公論新社）等がある。

# 朗霞《ランシア》の西街《シージエ》

蒋韻
栗山千香子訳

原題　〈朗霞的西街〉
発表　北京文学2013年第8期
収録　《心愛的樹：蒋韻作品》太白文芸出版社2018.1
テクスト　《心愛的樹：蒋韻作品》
作者　【しょう いん　Jiang Yun】
1954年山西省太原生まれ

# 一　活発場

西街《シージエ》は朗霞《ランシア》の故郷だ。家は西街の北磚道巷《ベイジュアンダオシアン》という名の横丁にあった。その横丁から出てきて顔を上げると、高く聳える鼓楼が目に入る。この町でもっとも目を引く堂々たる建造物だ。

鼓楼が何年何月に建てられたか、朗霞は知らないし、考えたこともなかった。朗霞にとって、それは昔からずっとそこにある自然な存在だった。城壁の外の田畑、遠くの山、そしての烏馬河《ウーマーホー》という名の川の流れのように。聳え立つ鼓楼の裾からは四つの大きな通りがそれぞれ東西南北へ伸び、この町の規則正しくわかりやすい構造の基礎となっている。たとえ初めて訪れた人でも、この整然とした町の中で道に迷うことはまずなかった。

西街は一筋の長い通りで、石畳の道の両側には灰色の煉瓦と瓦で造られたどっしりとした歴史ある建物が並んでいた。長い軒、太い露柱、堅固な土台石。二階より上は何尺か内に入り、どんなに大きな建物も慎み深く控えめで、ひけらかしたり主張したりしていない。軒下にはどの家にも灯籠が二つ掛かっている。夜になると灯がともり、季節を問わず、仄暗い明かりがそこここで道ゆく人の足元を照らした。街灯がなかった時代、それは西街の優しさであり、ちょっとした贅沢でもあった。

昔から、この町は東街《ドンジエ》は貧しく、西街は豊かだった。

西街にはさまざまな老舗が集まっていた。○○隆とか○○昌とか、あるいは○○裕、○○泰など。これらの老舗が扱うのは大口の取引で、全省ひいては全国各地に支店があり、西街はその本拠地だった。だから西街の老舗は通りに看板を掲げておらず、出入りするのはいずれも大商人だった。そのようなわけで、ふだんこの通りは、大小の店が立ち並ぶ南街《ナンジェ》に比べると、むしろ静かでひっそりしていた。あたかも音を立てずに流れる深い大河のように。

もちろん、これは朗霞が生まれる前のことだ。朗霞が物心つく頃には、それらの老舗、〇〇隆とか〇〇昌などは、みな次第に姿を消した。あるものは公私合同経営となり、あるものはきっぱり店を畳んだ。「旧時王謝の堂前の燕、尋常百姓の家に飛び入れり」*だ。だから、朗霞の西街にあるのは、すでに盛衰史の幕が降りたあとの日常と平静だった。とは言うものの、西街を歩けば、その奥深い邸宅や、子供の目にはとびきり壮大に映る建物は、依然として覆い隠せない神秘を漂わせており、謎めいていて、かつ衰亡の趣があった。

朗霞の家がある北磚道巷は、西街の中程にある細長い横丁だ。朗霞の家は突き当たりにあり、横丁の西側に東向きに建っていた。こじんまりした四合院*で、表門を入ると目隠し壁があり、その脇を抜けると整然とした中庭で、灰黒色の煉瓦が敷き詰められている。北側の母家の前には左右にそれぞれ柘榴《ザクロ》と丁香《ライラック》の木が植えてある。春には丁香が白い花をつけ、夏には柘榴が赤い花をつけた。おそらくこの二本の木の由縁だろう、裏庭に通じる月洞門〔塀を丸くくり抜いた門〕の内側と外側には、それぞれ「如雲」（雲の如し）「似錦」（錦に似たり）の二文字が彫られていた。この木もこの文字も、朗霞の両親がこの家を買ったときにはもうそこにあった。これらがどれだけの歳月を経ているのか、この木を植えこの文字を彫った人が今どこにいるのか、知る者はない。

＊旧時王謝の…
東晋初年の宰相だった王導や、孝武帝の丞相だった謝安のお屋敷にいた燕も、今は普通の庶民の家の軒下で暮らしている、の意。唐・劉禹錫「烏衣巷」にみえる句。

＊四合院
中国北方の伝統的建築様式。方形の中庭を囲むように平家の住居が建つ。

月洞門をくぐれば裏庭である。そこには一本の楡《にれ》の老木と便所があり、ほかに冬用の野菜を蓄えておくための地下ムロがあった。この黄土台地の町では、ほとんどの家にこのような冬用の野菜を貯蔵する地下ムロがあった。まず地面を深く掘り、さらに横に掘り進めたもので、戦時中の防空壕のようなものだ。少し手をかけ、内側に煉瓦を嵌《は》め込んで本格的な窰洞《ヤオドン》*のようにしつらえたものもあったが、たいていはただ掘っただけの穴蔵だった。この地下ムロは、冬暖かく夏涼しくて、入り口を閉めると天然の貯蔵室になった。

どの家の裏庭も、だいたいこのような造りだった。

朗霞の家には少しだけ違うところがあった。おもしろいことに、便所の入口の上方に嵌め込まれた石に、「活発場」という三文字が刻まれていた。

小さい頃、朗霞はこの文字の意味がわからなかった。学校に上がって勉強するようになり、成長するにつれ、便所に行くたびに入口で顔を上げて納得の笑みを浮かべるようになった。昔ここに住んでいた人、この家を建てた人は、きっとずいぶんおもしろい人だったにちがいないと、朗霞は思った。

朗霞自身はとても繊細な子どもだった。

この子は西街のこの家で十年暮らした。本来は少なくとも十八まで、つまり高校を卒業するまでは、西街を、この谷城《グーチョン》という名の町を離れることはないだろうと、彼女は思っていた。まさかあのような痛ましい形で別れを告げることになろうとは、知る由もなかった。

＊窰洞
黄土台地に多くみられる横穴式住居。崖がある場合は崖を利用して横穴を掘り、崖がない場合は地面に方形の穴をほって中庭を作り、中庭を囲む四面に横穴を掘る。土の中の住居は温度が安定しており、冬暖かく夏涼しい。

馬蘭花《マー・ランホア》が陳宝印《チェン・バオイン》に嫁いだ年、陳宝印はまだ国民党軍の中隊長だった。馬蘭花の母親が言うには、見た目はなかなか男前だったが、ただ馬蘭花より十歳も年上だった。彼女は満十八になったばかりで、陳宝印は二十八だった。馬蘭花の両親は、百里〔約五〇キロメートル〕ほど離れた町で小さな雑貨店を開いていた。その年、陳宝印の部隊はその町に駐屯しており、彼はよく煙草を買いに馬家の雑貨店を訪れた。店は雑然としており、薄暗く、空気が澱んでいたが、そんな中で一輪の花が静かに、しかし華やかに育っていた。陳宝印は人を介して馬家に結婚を申し入れた。馬家は、陳宝印には故郷に本妻がいるかどうか問うこともなく、二つ返事でこの縁談に応じた。

　貧しい庶民の家の娘は名分にこだわらない。

　陳宝印は故郷で何年か私塾に通ったことがあり、読み書きができた。軍人だったが、風流を解するところもあった。新婚二日目の朝、彼は張敞《ちょうしょう》の故事*に倣い、新妻の髪を結おうとした。桃の木の櫛を手に、ぎごちなく髪をすいたが、彼女に痛い思いをさせやしないかと気が気でなかった。彼女はまだやはり恥ずかしかったので、目を伏せたまま、鏡の中のその男《ひと》を見ることができなかった。彼は精一杯がんばってみたが、どうしてもうまく髷を結うことができない。ついに諦めて「こいつは戦《いくさ》を一つするよりも骨が折れる！」と言った。

　彼女は笑った。

　彼は鏡の中のその笑顔を見て、自分の心が溶けて春の水になったように感じた。しばらくして、彼は鏡の中のその美しい人にこう言った。「蘭花、生涯ずっと、いつ思い出しても、俺に

＊張敞の故事
張敞は前漢の高吏。優れた手腕で宣帝を支えたが、夫婦仲が良く、風流を解する人でもあったといい、毎朝出仕前に妻の眉を描いたというエピソードが伝わる。

嫁いだことを決して後悔させはしないよ……」

　この言葉が、この新婚時の誓いが、この男のためなら水火も辞せずと、馬蘭花に思わせたのだった。

　はじめ、この若夫婦は借家で暮らした。駐屯地はしょっちゅう変わったので、彼らもそのたびに引っ越した。まるで絶えず棲家を変える渡り鳥のように、東へ西へと飛んだ。何年もの間、彼女は子宝に恵まれなかった。一番残念だったのは、身籠もって六カ月になる男の子を流産してしまったことだ。彼女は深く悲しんだが、彼はつとめて冷静に言った。「俺たちは子供が授からない運命なんだ。無理に子供をほしがることはないじゃないか」

　彼女は怒って言った。「私たちが何をしたって言うの。子供が授からない運命だなんて」

　彼は長いため息をついた。「蘭花、この乱世に、俺は鉄砲を担いで戦に向かい明日をも知れぬ身だ。なのに君は、どうしてわざわざ荷物を背負おうとするんだ？」

　馬蘭花は手を伸ばして彼の口を塞ぎ、地面に向かってペイッペイッペイッ*と吐き捨ててから言った。「陳宝印、なんてことを言うの！　あなたがもし銃弾に倒れるようなへまをしたら、私は閻魔殿まで追いかけて行ってあなたを連れ戻す！　ふん、わかってるわ、どうせあなたは、故郷の本妻が一人あの世で淋しがっているのが心配で、行ってお伴をしようと思ってるんでしょう？　違う？」

　陳宝印は笑って、ぐいと蘭花を抱き寄せると言った。「君のような無茶を言う恋女房がいるのに、俺にそんなことができるかい？」

＊ペイッ…
不吉なことを打ち消すときに三回続けて言う。強い不満を示すときには一回だけ言う。

蘭花がつぎに妊娠したとき、陳宝印は妻のためにとうとう谷城のこの四合院を買った。そのとき、彼は大隊長に昇進しており、またちょうど家の持ち主が急いで手放そうとしていて、さらには腕ききの仲介人がいたので、陳宝印はほとんどただ同然でこの小さな四合院を手に入れることができた。まさに初夏の季節、中庭のあの柘榴の木は満開の花をつけ、華やかな霞がかかったようだった。二人は木の下に立った。「もし女の子が生まれたら、霞《シア》と名付けよう」と陳宝印が言った。

「もし男の子だったら？」と馬蘭花は聞いた。

彼は顔を上げて月洞門を見た。すると、そこに彫られている字が目に入った。「もし男の子だったら、雲《ユン》にしよう」

「それも女の子の名前みたいじゃない？」蘭花は少し解せなかった。

彼は答えなかった。霞も雲も移ろいやすく消えやすいもの、人の運命もまた同じではなかろうかと、心の中で思った。

陳宝印は生まれてくる娘を見ることなく、部隊とともに慌ただしく谷城を離れ、前線へ赴いた。そしてそれきり戻ることはなかった。蘭花にはわかっていた。可能性は二つだけ。銃弾が雨のように降り注ぐ中で戦死したか、さもなければ他の敗残兵とともにはるか遠く台湾へ去ったか。

いずれにせよ、もう会うことはできない。

朗霞は父親を知らなかったが、父親がいることが重要なことだとも特に思っていなかった。まだ何もわからなかった幼いころ、好奇心から母にきいたことがある。「みんなの家にはお父さんがいるけど、わたしのお父さんは？」

母はそっけなく答えた。「死んだのよ」

母は続けて言った。「お父さんがいるからって、何かいいことがある？　引娣《インディ》をごらんなさい。あのお父さん、酔っぱらって娘を叩いてばかりいるじゃない」

「そうか」朗霞は納得して頷いた。

実際、朗霞はこの家に何か不都合なところがあるとは思っていなかった。この家は彼女と母と祖母の三人だけだ。祖母と言っても朗霞の実の祖母ではなく、もとは母の実家の雇い人で、孔《コン》おばさんと呼ばれていた。長い間ずっと母に付き添ってきて、子供がいなかったので、ついにこの家を終の住処と心に決めていた。母はデパートの生地売り場の店員をしており、給料は多くなかったが、谷城のような小さな町で家族三人が食べていくくらい、切り詰めればなんとかやっていけた。加えて祖母は炊事や家事のほか、人に頼まれて服を繕ったり縫ったりすることもできたので、それを家計の足しにした。また、朗霞にナツメうどん、干し柿、黒ナツメ、肉団子スープなどを買ってやるときのおやつ代にした。

それに彼女たちにはいくらかの財産もあった。

祖母も馬蘭花も賢くて手先が器用な人で、そしてきれい好きだった。家はいつもすみずみまで清潔できちんとしていた。オンドルに敷かれた防水布には塵ひとつなく、かまど周りや調理器具は、祖母が豚皮で鏡のようにぴかぴかに磨いてあった。陽の当たる窓際にはたいてい、清水に浸されて静かに花をつけた白菜の芯や、青々と伸びたニンニクの芽が置かれていて、やりくりしながらの生活の中にも、ゆとりと落ち着きが感じられた。中庭には、祖母がショウブ、アサガオ、ユウスゲ、ホウセンカを育てていた。ホウセンカの花が咲く時期には、祖母は小さな朗霞を小さな腰掛けに座らせ、石臼でミョウバンとホウセンカの花を磨り潰し、朗霞の小さな手の十本の指の爪にのせて布でくるみ、爪を赤く塗めた。

夜風が吹くと、柘榴の花が一つまた一つと散った。灰黒色の煉瓦の上には、花の骸《むくろ》が静かに横たわっていた。

当初、この家の中庭をはさんだ東と西の棟を借りたいという人がいた。そうすればいくらか家計の足しになるだろうと言われたが、馬蘭花は承諾しなかった。彼女は「もう少し待って」と言った。

「蘭花、何を待つのさ。まさか、あの世に行った旦那が生き返るのを待つって言うんじゃないだろうね?」

「まさか。この家をだいじにしたいだけよ」

馬蘭花が何を待っているのか誰も知らなかった。

夏が去り冬が来て、また一年が過ぎた。春になり、丁香の花が咲いた頃、彼女は一つの決断をくだした。東西の棟を含めた四合院の半分を政府に寄付することにしたのだ。ただし、月洞門のところから壁を作ること、通りに面した外壁に小さな門を作ることを要望した。そうすれば、彼女たちの住まいはこれまでどおり一応独立した家になる。ただ、本来の様式ではなくなり、もちろん目隠し壁もない。細長く狭くなり、母家の軒から三メートルもないところに、顔を上げると高い壁が見え、なんとも目障りだった。もっとも残念なのは、あの二本の木、柘榴と丁香も、高い壁の向こう側に隔てられてしまったことだ。「蘭花、この邪魔な壁をごらんよ、まるで監獄に入れられたみたいだ」と祖母が言った。馬蘭花は「どのみち維持することはできないんだから。私たち、足るを知らなければ」と答えた。

祖母はもう何も言わなかった。馬蘭花が正しいことを知っていたから。

当然ながら、人はいろいろなことを言った。「彼女はエセ積極分子だ」と言う人がいれば、「寡婦の門前には悪い噂が立ちやすい。こんなふうにきっぱり決断したのは、世間の口を塞ぐためさ」と言う人もいた。もちろん、それ以上に多かったのが「彼女は時勢をよく知っている」と言う声だった。死んだ反動軍人の家など、遅かれ早かれ没収されて政府のものになる運命を免れない、没収されるのを待つよりもいいだろうと。

このような変化は、幼い朗霞にはほとんど影響がなかった。狭く細長い敷地も彼女一人が駆け回るには十分だった。実際、成長してからの彼女は元の家の様子を覚えていなかった。ただ、たまに夢に見ることがあった。夢の中で彼女は、軒下の小さな腰掛けに座っている。小さな手の十本の指は布にくるまれていて、柘榴の花が一輪また一輪、静かにゆっくりと、魂のように音もなく落ちていくのを見ている。まるで運命の寓話のようだった。目覚めると、頬は温かい涙で濡れていた。

新たに作った門も以前と同じ東向きである。小さくて、片扉で、黒いペンキで塗られ、西側の月洞門と対をなしていた。

月洞門は裏庭に通じている。朗霞は便所に行く以外、普段はめったに裏庭に行くことはなかった。

裏庭は殺伐としていた。

いつも雑草が生えていて、抜いてもきりがなく、年中抜いてはまた生えるの繰り返しだった。祖母が愚痴をこぼしていると、朗霞が言った。「『野火焼けども尽きず、春風吹きてまた生ず』*でしょ！」

「まあ、よく知ってるね！」祖母が笑って言った。

「賢い子だわ」と馬蘭花が言った。

裏庭には楡の木が植えてあった。「楡」の音が「余」に通じる〔どちらも中国語の音はyu〕ので縁起がよいとされていた。でも朗霞は、楡の木は成長が遅く、いつまでも細くて固いままのような気がした。ただ、この木が楡銭《にれのたね》*をつけるときだけは、朗霞もいくらか興味を持った。祖母が楡銭を採って、布爛子《プーランズ》*を作って食べさせてくれるからだ。楡銭が入った布爛子は朗霞が大好きな麺料理で、槐《えんじゅ》の花の布爛子よりもずっと美味しかった。槐の花は香りが強すぎて繊細さに欠けるが、楡銭にはいつまでも消えないすがすがしい香りがあった。

楡銭を食べてしまうと、朗霞はもう楡の木に見向きもしなかった。

楡の木の下には、地下ムロがあった。この地下ムロは、この家を買ったときにすでにあった

*野火焼けども尽きず……唐・白居易「古原の草を賦し得て送別す」にみえる句。

*楡銭
楡の種。種の入った丸くて平たい小さな薄緑の莢が、まとまって房状に枝につく。

*布爛子
小麦粉をこねて蒸し、細かく刻んで炒めた山西省の麺料理。味付けにネギ、唐辛子、ニンニク、塩を加える。こねるときに、季節によって槐の花や楡の種などを練り込む。

もので、なかなかよくできていた。ただ、祖母も母も朗霞が地下ムロに入ることを許さなかったので、朗霞は入ったことがなかった。そこは陰の気が強いから、女の子が入ると病気になると、祖母は言った。

秋には、谷城全体が白菜と芥子菜の匂いでいっぱいになった。白菜は家族が一冬に食べる分を地下ムロに貯蔵するが、芥子菜は細かく刻んで甕《かめ》に入れて酸菜〔漬け物〕をつくった。それは谷城の人たちにとって毎食必ず出てくる主菜だった。朗霞の家も例外ではなかった。酸菜をつくるとき、母は朗霞に芥子菜を洗うのを手伝わせることもあったが、地下ムロに白菜を運ぶのは完全に祖母と母だけの仕事だった。母が地下ムロに下り、祖母は上にいて、麻縄をくくりつけた籠に白菜を入れて一つずつ下ろした。朗霞は遠くに立って見ていたが、お日様の当たらない陰の気とか不浄なものが襲ってきやしないかと、恐くてならなかった。

人はみな朗霞は甘えん坊だと言った。

そうかもしれない。母一人子一人、そのうえこの子は女の子だったから、おのずと他の子供たちよりも少し甘やかされて育った。

のちに朗霞の夢の中に、裏庭のあの活発場がたびたび音もなく浮かび上がった。冷えびえとした奇妙な眼が一つ、やさしく閉じることを頑なに拒んでいるかのようだった。

朗霞の学校は二完小といい、第二完全小学校*の略で、初等小学校だけでなく高等小学校まであった。

二完小はこの町の東街にあり、昔ここは城隍廟《じょうこうびょう》〔鎮守の神様を祭った廟〕だった。廟の中にあった塑造の神像はなくなってしまったが、壁にはまだ壁画の一部がいくらか残っていた。長い歳月を経ても、それらは依然として鮮やかで艶やかな色を残していた。伝統劇の人物を模した絵だった。

毎朝、朗霞は同級生の引娣といっしょに学校へ行った。引娣の家も北磚道巷にあり、ちょうど朗霞の家の向かいだった。引娣の姓は呉《ウー》といい、上から下まで五人の女の子がいて、引娣は四番目だった。説明するまでもなく、この名には、この子が弟を引いてきてくれるようにとの願いが込められている。しかし引娣が引いてきたのはまた妹だった。続けて五人女の子だったので、父親の呉さんはたいそう落胆した。

呉さんは以前は南街で料理屋をやっていたが、新中国になる前に破産した。今は公営企業の食堂で調理師をしている。彼にはよい腕があったが、発揮する場がなかった。公営企業の食堂では、作ったところで何種類かの惣菜だ。彼は、思うようにいかない憂さを酒で晴らした。酔ってふと見回すと、ずらりと女の子が目に入り、もっと気が塞いで、「ご先祖さまに合わせる顔がない。家を傾けただけでなく、跡取りも途絶えさせてしまい、将来線香を上げてくれる者もいない」と思うのだった。そこで、酒を飲んでは暴れ、女房を怒鳴りつけ、子供を叩き、鍋や碗を投げる。だから、子供たちは誰一人家にいたがらなかった。

＊完全小学校　民国期に定められた学制では、小学校は五年制で初級小学（一、二、三年生）と高級小学（四、五年生）に分かれており、初級と高級を併せ持つ小学校を「完全小学（完小）」と称した。現在の学制では小学校は六年または五年とされている。

そんなわけで、いつしか自然に、引娣は向かいの朗霞の家を自分の家のようにして過ごすようになった。

引娣は朗霞よりも一歳上だったが、朗霞と同じ年に入学したので、二人は同級生だった。学校に上がる前、引娣は朝から晩までずっと朗霞の家に入り浸り、まるで移し植えた植物のようだった。食事時にも家に帰りたがらないので、馬蘭花は引き止めて食事をさせることがよくあった。祖母もこの子のことを気にかけていたが、家の食糧も気がかりだったので、つい冗談半分でこんなふうに言った。「来月は引娣の家に食糧切符*をもらいにいかなくちゃね」

それを聞いて、馬蘭花は引娣に「おばあさんは冗談で言ったのよ」と言った。そして向き直って祖母に言った。「この子一人分くらいなんとでもなるわ。かわいそうに」

祖母は何のためかわからない溜め息をつき、それ以上何も言わなかった。

ある日、引娣の一番上の姉、呉錦梅《ウー・ジンメイ》が朗霞の家の門を叩いた。手にのせた粗末な碗の中には、みずみずしい麦黄杏が山盛りになっていた。「おばさん、学校の労働体験で農場に行ってきました。これは木からもいだばかりの杏です。採りたてを朗霞に食べてもらおうと思って」

馬蘭花が礼を言いながら急ぎ受け取ると、呉錦梅は続けた。「うちの引娣がご迷惑をおかけして、本当に申し訳ありません……」

そう言って、頬を赤らめた。そのなんとも言えない少女の恥じらいに、馬蘭花の心が痛んだ。彼女は呉錦梅の手をさっと握って言った。「そんなことないわ！　うちの朗霞には姉妹がいないでしょ。二人はまるで姉妹みたいで、おばさんはうれしくて仕方がないのよ！」

*食糧切符
穀物および穀物を主原料とした食品を購入するときに必要な切符。新中国成立後一九八〇年代まで、穀物や肉や油や布などは一人当たりの購入上限量が定められており、各戸に人数分の量の切符が配給された。

*中学の高等部
高級中学（高校）のこと。日本の中学校にあたる初級中学と高校にあたる高級中学を合わせて中学（中等教育学校）という。

*重点校
各省、市、自治区ごとに指定される高い教育環境を備えた小学校および中学校。

それは黄昏時のことで、西の空は薄い夕焼け色に染まり、通りは静かで、西街も静かだった。淡い光がこの清楚な少女を包み、美しく弱々しく見せていた。馬蘭花はしばし見とれ、ひそかに思わずにはいられなかった。こんな可憐な花が、呉家のあの澱んだ日常にどうして耐えられようかと。

朗霞と引娣が小学校に上がったその年、呉錦梅も谷城中学の高等部*に合格した。谷城中学は重点校*であり、谷城は言うまでもなく省都でも有名だった。このことはもちろん呉家にとって祝うべき一大事だった。呉さんはたいそう喜んで、女房に言いつけた。「豚肉を二斤（約一キログラム）買って来い。今日は娘のために腕をふるうぞ！」さらに言った。「かつて留芳齋の醤梅肉《ジャンメイロウ》*を知らない者がいたか？ 谷城には〝至誠号の餅《ビン》*、留芳齋の肉〟という言い方があるが、それはつまりうちの醤梅肉のことだ……」しかしその日、呉さんはその醤梅肉が蒸し上がる前に酒をしたたか飲んでしまい、恨みつらみをぶちまけ始め、結局その祝いの夜はまたしても呉さんの大暴れと引娣たちの泣き声で終わった。

狭い通りを隔てただけなので、この大騒ぎは北磚道巷の人たちみんなに聞こえた。ましてや向かいの馬家は言うまでもない。

夏休みも終わりに近づいたある日、馬蘭花は家の前の通りで呉錦梅を呼び止め、門の中へ引き入れた。

「あなたにあげたいものがあるの」と馬蘭花が言った。

モスリンのブラウスだった。空色の生地に白い小さな花模様が広がっている。丁香のような

＊醤梅肉
バラ肉の塊を茹でてからスライスして、さらに蒸した山西省の料理。生姜、ネギ、山椒、塩を加えた湯で半茹でにして冷まし、薄くスライスして深皿に並べ、その上に豆腐乳（豆腐を発酵させ塩味をつけたもの）、生姜、ネギ、山椒、八角などを加えて蒸し上げる。

＊餅
小麦粉をこねて発酵させてから、マフィンまたはクレープのような形状に焼いたもの。そのまま主食として、また肉や野菜を挟んだり巻いたりして食べる。

細かな花だ。手にとって広げてみると、清々しい香りが立ちのぼり漂ってきて、顔を包んだような気がした。「昔着ていたワンピースをほどいて作ったの。あなたのことは他人と思えなくて、だから作り直して着てもらおうと思って。おばさんの気持ちよ。……でももし好みに合わなかったり、よけいなお世話だったら、見なかったことにして！」

呉錦梅はそのブラウスを眺めたまま、しばらく何も言わなかった。だがついに、黙って自分の服を脱ぎ、その空色の新しい服を着た。ぴったりだ。丸みを帯びてきた少女の身体に、人を惹きつける清々しい香りのする身体に、この服はなんと似合うことか。まるで知己のように調和していた。馬蘭花は頷きながら微笑んだ。「私のこの目は物差しね」

呉錦梅は目頭が熱くなった。「おばさん、朗霞はなんて幸せなんでしょう、あなたの娘で……」それ以上は言えなかった。

馬蘭花も思わず鼻がつんとした。慌てて話題を変え、朗霞に向かって言った。「朗霞、あなたもお姉さんのように、将来、谷城中学に合格できるといいわね！」

谷城中学は小南街《シャオナンジエ》にあった。小南街は南街を横切るように通っている長い通りで、東にはこの町で最も古い寺、無辺寺があり、西には昔は文廟〔学問の神様（孔子）を祭った廟〕があったが、現在は谷城中学になっている。

谷城中学は風水から見てこの町の最高の場所にあった。

谷城中学の向かいは旧時の城壁だ。城壁は荒れ果てて、いたるところに割れ目があった。南城門もそこにあったが、城門はとうになくなり名称だけになっていた。城壁の外は一面の深く大きな窪地で、谷城の人はここを湖の窪と呼んでいた。想像するに、ここにはかつて水があったはずだ。大きな池もしくはお堀だったかもしれない。しかし今は草が生い茂り、死刑囚の銃殺執行場となっていた。

銃殺の日には、谷城の大人も子供も慣れた道を通って早々と湖の窪の周りにやってきて、競うようによい場所を確保し、後手に縛られ死刑の札をかけられた囚人たちがどのように銃弾で頭をかち割られるか、高みから見物をしようと待った。

しかし普段ここは、一面静寂に覆われ荒涼として、人影はほとんどなかった。遊びに来る子供はいなかったし、草を喰みに来る羊もいなかった。そうして、この人血が染み込んだ湖の窪は野草の天国となった。ヨモギ、シロヨモギ、タンポポなどが狂ったように伸び、夕陽の残照を受けて、物憂そうにも愉快そうにも見えた。

このような場所には秘密が生まれるものだ。

周香涛《ジョウ・シアンタオ》は谷城中学の美術教師で、この土地の人ではなく、南方のよく知られた町からこの小さな町に異動になった。別の言い方をすれば、〝流されて〟やってきた。まだ年若い芸術家は、この小さな町と折り合うことができずにいた。小さな中学と小さな町は、彼に人生の息苦しさを感じさせた。彼は朝あるいは夕方、よく一人で崩れかかった城壁に上り、遠くを眺めた。遮るもののない自由な空が、小さな町の凡庸な生活に囚われた目を慰めてくれた。彼はこの人気のない城壁の上で写生をするのが好きだった。流れる雲、飛ぶ鳥、畑、季節の中で姿を変える樹木や作物、そしてずっと向こうに見える静かに蛇行する北方の川の流れを描いた。

こうして彼は、湖の窪のいつも空色の服を着ている少女を目にした。

よく晴れた日の夕方、その少女はいつも一人で湖の窪で本を読んでいた。二本の長いお下げ髪が、柔らかな空色に覆われた腰のあたりまで垂れていた。いつからか、彼はスケッチブックに彼女を描き始めた。一枚また一枚、彼女の後ろ姿や横向きの姿を描き、足元の野草や咲き誇るタンポポと彼女を描き、夕映えの中の彼女の遙かな静けさを描き……そうしていると、自分の心も穏やかになるのを感じた。

とうとうある日、彼も湖の窪に行って写生をした。

広々として人気もなく静まり返った湖の窪に、あるかないかわからないかすかな振動が一つ起こった。はじめ二人は安全な距離を保ち、互いに干渉せずにいた。その後ある日のこと、彼女がごく自然に彼の後ろにやって来て、スケッチブックのその少女を、その見知らぬ自分を見た。彼女は胸の高なりを抑えながらきいた。「この絵に題名はありますか？」

「あるよ」彼は答えた。「刑場のかたわらの花」

彼は振り返り、目の前のこの黒い瞳の少女に言った。「呉錦梅、僕はこれを油絵にしようと思っている」

彼はとうに彼女の名前を調べていた。それはもちろん難しいことではなかった。呉錦梅は驚かなかったし、わざと驚いてみせもしなかった。彼女はただ静かに微笑んだ。「これまで絵に描いてもらったことなんてなかった。画家に知り合いもいなかったし」

事はこうして始まった。一人の失意の中にある孤独な芸術家と、一人の丁香のような憂いを纏った少女が出逢い、定めのように何かが起ころうとしていた。

のちに彼は彼女にきいた。「呉錦梅、君はなぜ湖の窪に行くんだい？　あそこは刑場だよ。怖くないの？」

彼女は答えた。「湖の窪に行かなかったら、どうやってあなたに出会えたの？　あなたを誘惑するために行ったのよ！」

もちろんそれは嘘だ。

本当は彼女はただ、静かな誰もいない場所を探していたのだ。少女は、止むことのない怒声にさいなまれ、すっかり傷ついていた。人の声や言い争いを避けられるなら、たとえ地獄へ行こうと怖くなかった。


この年、朗霞は二年生になった。ある日、馬蘭花が職場で急に腹痛を起こし、同僚たちが県の病院へ運んだ。急性盲腸炎と診断され、すぐに手術がおこなわれた。

この病院の前身はキリスト教会の病院だった。執刀医はその当時からの医師で、趙彼得《ジャオ・ビーダー》といい、この町で一番腕のいい医師だった。手術は完璧で、傷口はとてもきれいに縫い合わされていた。馬蘭花はもちろんとても感激し、退院後に同僚たちに相談して、病院へ錦旗*を贈った。

錦旗を贈ったあとのある日の昼、馬蘭花が仕事をしていると、趙医師が店に入ってきた。逆光の中、この上品な男性の姿にはどこか寂しさが感じられた。彼女はすぐに声をかけた。「お

＊錦旗
功績のあった個人や団体に表彰や感謝の印として贈られる旗。赤い布地に金色の文字が刺繍されているものが多い。大きさや形はさまざま。

買い物ですか、趙先生」「あ、いや、たまたま通りかかったので、ちょっと寄ってみました。その後、おかげんはいかがですか？」

馬蘭花は一瞬ぽかんとしたが、あわてて答えた。「ご心配いただいて。もうだいじょうぶです。すっかりよくなりました！　このとおり、ちゃんと仕事にも出られるようになりました」

「それならよかった。でもまだ無理しないでくださいね」

その後、趙医師はよくこの店の前を〝通りかかり〟、通りかかれば入ってきて声をかけ、言葉を交わしていくようになった。この凛々しくて控えめな男性は、寡黙で人付き合いが苦手なようだった。この売り場には上から下まで合わせて七、八人いたが、誰の目も節穴ではなく、お見通しだった。彼女と親しい女性従業員はそっと言った。「蘭花、長いこと苦労してきたんだから、ここで一歩踏み出してごらんなさい！　趙先生のような人、提灯をかざして探してもなかなか見つからないわよ！」

実はみんな知っていたことだが、この上品な趙先生は五年前に妻に先立たれ、子供が二人いて、息子は谷城中学の中等部に通い、娘は省都の高校で学んでいた。これまで何人もの人が縁談をもちかけたが、彼はまだ妻を忘れることができないと言って、会おうとしなかった。

「蘭花、あなたももう三十半ばでしょ。ここを逃したらもう次はないわよ！」

馬蘭花は答えなかった。

ある日、馬蘭花が仕事を終えて店を出ると、趙医師が通りの隅に立っていた。彼女を待っていたようだ。果たして、彼女を見ると近寄ってきた。手には二枚の券が握られていた。

「患者さんから映画の券を二枚いただいて。新しい映画で、土曜の夜ですが、お時間はありますか？」と趙先生が言った。

馬蘭花は少し考えてから言った。「趙先生、映画はご遠慮します。でもよろしかったら、日曜日うちにいらしてください。簡単なお食事でもいかがかと」

その日、馬蘭花は心を込めて酒食を準備した。あらん限りの知恵と労力を用いて、家族の一月分の肉切符、油切符をすべて使い、さらに近くの村へ行って鶏一羽と新鮮な卵をひそかに買った。ニラと豚肉と卵の餃子を作り、鶏肉を煮込み、豚肉を焼き、炒め物をいくつか作った。冷たい料理も温かい料理も、肉料理も野菜料理もテーブル一杯に並んだ。昼、趙医師が菓子折りを手にやってきた。この町の菓子でないことはすぐにわかる。省都の老舗「老香村」の南方の菓子だ。馬蘭花は趙医師をテーブルに案内し、エプロンをはずし、竹葉青*を開けて二つの盃に注いだ。たちまち、竹葉青の清々しい香りが広がり、自然に目が潤んだ。

馬蘭花は両手で盃を掲げた。「趙先生、一献《いっこん》お受けください」そして続けた。「夫が亡くなってから、もう何年もお酒を口にした事はありませんでした。今日は敬意を表して。趙先生、趙さん、私へのお心遣いとご恩を、この馬蘭花、心に受けとめました。私は道理がわからない女ではありません。この生涯でこのようなよいご縁に恵まれることはもう二度とないでしょう！でも、今は新社会と言いますが、馬蘭花は古い人間なのです。かつて、今は亡き夫に誓いました。生かば同床、死なば同穴と……。夫は名誉ある死に方ではありませんでしたが、十八の時に出逢ったのも、旧社会で出逢ったのも、運命でしょう！」彼女は顔を上げ、盃の酒を飲

＊竹葉青
汾酒などの蒸留酒に竹の葉、陳皮（みかんの皮を干したもの）を漬け込んで作る淡い緑色をした薬用酒。消化促進などの効果があるとされる。

み干した。強い酒が喉に染み、ひとしきり咳き込み、涙も出た。「このような話は、時宜にかなわない時代遅れのものです。人に聞かれたら困るような話です。これまで私は、このような心の内を人に話したことはありませんでした。今日お話したのは、あなたの真心に応えるためです。趙さん、どうぞ恩知らずな人間と思わないでください……」言葉はそこまでだった。涙が溢れてきた。

ボーン、机の上の古い置き時計が鳴った。長い余韻が陽光の届かない母家の中で震えていた。正午の晴れやかな陽光は灰黒色の煉瓦で造られた高い壁に遮られていた。この家のすべてが旧式だった。古くて暗かった。古い八仙卓と長机、口の欠けた絵付きの古い花瓶、そして古い人間。趙医師は黙って立ち上がり、盃を掲げて一口で飲み干した。彼は酒に強くなかった。一杯の竹葉青で目が潤んだ。

「この盃は確かにいただきました。今後何かあったら、困ったことができたら、いつでも私に言ってください！」そう言うと、席を立った。

門を出て、陽光あふれる通りを歩きながら、この上品な男の心の中にはゆっくりと「葬花」の二文字が浮かんだ。そう、それは葬送の花だった。

彼は胸に痛みを感じた。

朗霞は三年生になった。三年生の朗霞はぐんと背が伸び、細く長い手足と、小さなお下げ髪、まさに女児から少女へと変化する微妙な年頃であり、何かというと反発する年頃でもあった。

実際、朗霞は不愉快だった。原因は、まだ少年先鋒隊*に入隊できないことにあった。

少年先鋒隊への入隊を認められない理由は、彼女にはたくましさが欠けているということだった。同級生に比べて、身につけるものも三度の食事も、一人っ子の朗霞は恵まれているように見えた。それにとても臆病で、毛虫や蓑虫を一匹見ただけでも驚いて悲鳴を上げた。痩せていて、力がなく、クラスで何か作業をおこなうとき、いつも遅れをとった。加えて、彼女には出身の問題があった。そこで先生は、朗霞には乗り超えなければならない課題がまだたくさんあると感じていた。

朗霞が一番辛いのは、引娣が先に赤いスカーフをつけたことだった。二人で連れ立って歩くとき、引娣の胸の前で揺れるその鮮やかな赤い色が、朗霞をいたたまれない思いにさせていた。

朗霞は自分を責め、そして祖母と母にも難癖をつけはじめた。

祖母の食事の支度ができた。小麦粉と上等なトウモロコシ粉の擦尖《チャージエン》*、擦尖にかけるトマトのあんかけ、じゃがいもの千切り炒めだ。しかし朗霞はどうしても、噛み切れないくらい固いコーリャン麺を食べると言い張る。祖母がトウモロコシ粉のナツメ入り蒸しパンを作っても、この天邪鬼《あまのじゃく》は、ふすまと糠で作った窩窩頭《ウオウオトウ》*を食べると言ってきかない。祖母は怒って言った。「わざわざ自分から辛い思いをする者がどこにいる？　勝手にしなさい！」母が言った。

「それなら朗霞には糠の窩窩頭を作ってやって、三日食べさせればいいわ！」

朗霞は本当に三日食べた。糠ガラがつかえて喉を通らない。朗霞は黙ったまま、しまいに、飲み込みながら声を立てずに涙を流した。

＊少年先鋒隊　中国共産主義青年団が指導する児童組織。旧ソ連のピオネールと同様、課外活動を通して団結心や社会に奉仕する精神を学ばせる。隊員は首に赤いスカーフを巻く。

＊擦尖　山西省の麺料理。小麦粉をこねて発酵させた後、沸騰した湯の中に、穴の空いたおろし金を使って短く細長い形状に削り入れて茹で、肉や野菜と炒めるなどして食べる。

＊窩窩頭　トウモロコシ粉やコーリャン粉で作った円錐形の硬いパン。

これまでは、空が暗くなると、母は朗霞が裏庭に行くことを許さなかった。子供は目がきれいだから汚れたものを見てはいけないと言う。用はオマルで済ませた。谷城では、どの家にも夜間に使うオマルがあった。しかし今、朗霞は、寝る前にどうしても一人で便所へ行くと言う。祖母がランプを提げてついて行こうとすると、朗霞は拒んだ。「そうやって二人で私の足を引っ張らないで！」母が「好きにさせましょう」と言った。そこで、朗霞は一人でランプを提げて月洞門をくぐり、真っ暗な活発場へ行って、ランプを戸にかけた。風が吹いて、明かりが揺れ、あたかも便所の中で幽霊の影が揺れているようだった。朗霞はぞっとして、悲鳴を上げそうになった。でも、勇敢にならなければと思って、ぐっと我慢した。

そうして、彼女は青ざめた顔をして、冷や汗をかきながら、その怪しい世界から母家に戻り、誇らしげに家族に宣言した。「この世に幽霊なんていないはずない！」母たちの目の奥に隠れている憂慮に、朗霞が気づくことはなかった。

この年、谷城に一つの事件がおこった。若い女が情夫と謀《はか》って夫を殺害したのだ。情況はさして複雑ではなく、殺人犯はすぐに捕まった。判決が下され、二人とも死刑が言いわたされた。銃殺がおこなわれる日、谷城は興奮に包まれた。たくさんの人が早くから湖の窪にやってきて、水も漏らさぬほどに周りを囲んだ。その日は日曜だったので、子供は学校がなく、大人は仕事が休みだったから、人々は北街、西街、東街からあたかも三本の川の流れのように鼓楼の下にどんどん集まってきて、さらに長い南街へと押し寄せ、そこから城壁の外へ出た。すでに秋が深まり、野草は枯れ草となり、遠くの畑のトウモロコシやコーリャン、それに綿花やテンサイなどの作物もすでに収穫が終わっていた。空っぽになった大地は、果てしなく荒涼として、無情の相さえ呈していた。もはや人間の秘密を覆い隠してくれそうにはなかった。

澄んだ秋の陽光の下、烏馬河が輝きながら音もなく、汾河《フェンホー》を目指して流れていく。

朗霞は、人が殺されるのを見るのも、この湖の窪に来るのもはじめてだった。それまで母は、朗霞にこの恐ろしい場所に行くことを許さなかった。しかし今回、自分の勇敢さを証明するために、朗霞は断固たる決意で引娣やほかの何人かの同級生と一緒に出かけた。彼女たちは乾いた陽の当たる場所を選び、長いこと待った。立っているのが疲れたので地面に座り込み、みんなでわいわい言いながら羊拐《ヤングワイ》*で遊び始めた。その羊拐は引娣が持ってきたもので、形がよく、しっとり手に馴染んだ。一つの面が赤く血の色に塗られていた。彼女たちは遊びに夢中になり、しばらくの間、自分たちが何をしにきたのかほとんど忘れてしまっていた。背後には崩れかかった古い城壁があった。数百年あるいは千年くらい前のものだろうか。頭上には北方の美しく澄んだ秋晴れの空が広がっていた。少女たちがそうしてしばらく遊んでいると、突然ざわめきが起こった。人々が叫ぶのが聞こえた。「来たぞ!」

護送車が着いた。

人々が待っていたのはその女だった。冷酷無惨に夫を殺害した女は、もし古代なら木驢馬の刑*だ。街のあちこちでもう何日もその話題でもちきりだった。しかし、護送車から下ろされた後ろ手に縛られた女は、やせ細り、弱々しく、凶暴そうなところはまったくなかった。遠

*羊拐
羊の後足にある距骨で作った玩具。六面体だが各面の形(凹凸)は異なる。四個を一組とし、上に投げて片手で受けたり、床に撒いたものを寄せ集めたりして遊ぶ。紀元五世紀にリディア人が考えた遊び「アストラガリ」がシルクロードを経て伝わったもので、新疆ではアスク、東北ではガラハ、モンゴルではシャガエと呼ばれる。日本のお手玉の起源とも言われている。

*木驢馬の刑
古代、夫以外の男と通じた女に課せられたと伝わる刑罰。木驢馬の仕組みや刑の実施法については諸説ある。

くからは女の顔はわからなかった。女は恐れる様子を見せずに車から降り、しっかりと地面に立った。さらに顔を上げて、空を、最後の空を眺めた。そのあと、女は素直に処刑位置まで進んで跪き、振り返って、道連れとなる情夫を見た。だが情夫はすでにぼろぼろで、人に支えられてひきずられてきた。男は最後の道をもう自分で歩くことができなかった。女は男に何か言ったようだったが、それがどんな言葉か誰にもわからなかった。死刑執行人にも聞き取れないようだった。そのあと、銃声が響いた。

パンパン、二発。

続いて訪れたのは巨大な静寂。

朗霞は自分が血の匂いを嗅いだような気がした。熱くて、生臭かった。実際に匂いを嗅いだはずはない。彼女たちはずっと遠くにいたのだから。しかし朗霞は嗅いだように感じた。

朗霞は吐きそうになった。

この日の夜、彼女は熱を出した。馬蘭花は、朗霞がショックで魂が抜けてしまったのだと思い、祖母と相談して、湖の窪に魂を呼び戻しにいく*ことにした。馬蘭花が朗霞の上着を手にしてオンドルを下りると、朗霞が母の腕を引っ張った。

「お母さん、行かないで」母を見つめる目に涙があふれてきた。「お願い……」

これまで彼女が母に「お願い」と言ったことはなかった。

「みんなに笑われる……」

頬が紅潮し、唇も鮮やかな紅色になり、ふだんよりも艶やかに見えた。怯えたような、痛ま

＊魂を呼び戻しにいく　肉体から離れた魂を呼び戻すため、魂が離れた場所へ行って「帰ってこーい」などと叫ぶ民間信仰。

しささえ感じさせる美しさだった。目には憂いと弱さが読み取れた。もう子供の天真爛漫な目ではなかった。母はとたんに決心が揺らぎ、手にした上着を置いて言った。「行かないわ。朗霞の言う通りにする……」

その夜、馬蘭花はオンドルに座り、魂の抜けてしまったこの子を見守った。刮痧《グアシャー》＊を施し、冷湿布をして、白湯と薬を飲ませた。夜半を過ぎた頃、熱がようやくひいた。馬蘭花は朗霞に添い寝するように横になり、この子が小さかったときのようにしっかり抱いた。明け方、馬蘭花が目を覚ますと、娘は目を大きく開き、静かに母を見つめていた。どこまでも黒く深い瞳だった。母と娘はそうして静かに見つめ合った。娘の鼻息が小さな羽毛のようにそっと母の顔をなでた。しばらくして、娘が小声で言った。「お母さん、あのとき趙おじさんと結婚すればよかったのに。そうしたら、私にも反動軍人ではないお父さんができたのに……」

ガラン。馬蘭花は体の中で何かが崩れ落ちるのを感じた。

＊刮痧　銅貨などに水や油をつけて胸や背をこすり皮膚を充血させる民間療法。

## 三　驚天動地

この年の冬はとりわけ寒さが厳しいようだった。雪が何度も間を置かずに降り、谷城の大小の通りの軒にはどこも長いつららが下がっていた。晴れた日には、それらのつららが日差しを浴びて、谷城全体が輝いて見える。まぶしく、清々しく、心惹かれる光景だ。

厳しい寒さは秘密を抱えた一組の恋人を隔ててしまった。彼らはその熱情を覆い隠すことができる場所をみつけられずにいた。湖の窪は雪に覆われ、どこまでも見渡せた。一面に生い茂っていたコーリャンやトウモロコシの収穫が終わり、冬小麦の種が蒔かれた畑も、どこまでも見渡せた。秘すべき熱情は、遮るもののない冬の中では身を隠すことができなかった。周香涛には学校内に宿舎があり、そこで赤い火をおこして暖を取ることができたが、それは危険だということは二人共わかっていた。

だから、彼らは夢の中で会うしかなかった。

夢の中で、彼らは抱き合った。「僕のかわいい花！」「そうよ。連れて帰って……」しかし夢の中ではいつも、彼の答えを聞くことができなかった。彼の唇が動き、何か言っているようだが、何と言っているのかどうしてもわからない。そのあと目が覚めた。

いつもそんな夢だった。激しく、纏いついてきて、しかし希望はなく暗澹としていた。

呉錦梅はこのような試練に耐えられなくなり、彼に手紙を書いた。「会いたい、会いたい、会いたい……」数えきれないほど「会いたい」と書いて、彼の宿舎のドアの隙間から差し入れた。しかし彼にはそのような危険を冒すことはできなかった。彼はただ、目で思いを伝えた。たまたまチャンスがあり、口実をつくって彼女が宿舎に来たことがあった。彼は彼女を抱き寄せた。愛おしく、そして恐ろしかった。この柔らかく激しくどこまでも美しい身体は、彼にとっては罪業であり深淵であることを、彼は知っていた。

冬休みになり、彼は南方へ帰省した。その美しい町では、彼の妻が共に年越しをするのを待っていた。

呉錦梅はすべてを知った。

知ったために絶望した。

彼女は、彼に会えない何日もの長い夜を一人で堪える勇気がなかった。その冬休みは、夕食を終えると、進んで朗霞の家に行って過ごすようになった。そのころ自分の家は、たいてい子供は泣き大人は大声を上げるというありさまで、とても我慢できず、頭がおかしくなりそうだった。本当に逃げたかった。しかしどこに逃げていけるだろうか？　幸いなことに馬蘭花がいた。馬蘭花がいることがありがたかった。水のように温もりがあり、細やかな心配りができる女性であり、それでいて他人の噂話をしたり秘密を聞きたがったりするようなことはない。冬の長い夜、このような女性のそばでオンドルに座っていると、これまでずっと歯を食いしばり、激しい思いを必死に抑え込んできた自分の体から、力が抜けてしまったように感じた。

仄暗い明かりが古い家具を照らしていた。おぼろで、時代が遡ったような静けさだった。竈の火は勢いよく燃え、上に置かれた土瓶の湯がゆっくり沸いていく。竈の中にはよくサツマイモやジャガイモが埋められていて、彼女たちが話をしているうちに、しだいに温かみのある香りが伝わってきた。ジュワーと音をたてて甘い汁が滲み出しているサツマイモや、皮に裂け目が入ってほくほくした中身が見えるジャガイモを、祖母が火ばさみではさんで取り出し、朗霞と引娣に、それから大人たちにも渡した。馬蘭花はオンドルに座って針仕事をしていた。服を繕ったり、職場で作業用に配られた白い軍手をほぐして朗霞の綿セーターを編んだり。このような冬の夜を、寂しい冬の夜を、馬蘭花はこうして静かに十数年も過ごしてきたのだ！　呉錦梅は彼女を見ているうちに、突然、なんとも言えない辛い気持ちになった。

「おばさん」と、そっと声をかけた。馬蘭花が視線を上げ、彼女を見て微笑んだ。その美しい澄んだ目をよく見ると、目尻には細かい皺ができていた。

「一つお聞きしてもいいですか。へんなことを聞くと思われるかもしれませんが」

「何かしら」

「満足ですか？」

馬蘭花はじっと呉錦梅を見ると、微笑んだ。その微笑みは雲のように淡く風のように軽やかだったが、いくらかの不穏な影が潜んでいるようでもあった。

「運命だから」と馬蘭花は答えた。


この日、呉錦梅は引娣といっしょに、夕食後にまた朗霞の家にやってきた。呉錦梅は手に碗を持っており、門から入ってくるとすぐに言った。「おばさん、親戚が村から持ってきた酒漬けのナツメです。自家製のできたてのものです。母が朗霞に食べてもらうようにって」

「まあ、あなたの家は子供がたくさんいるのに、うちの子にまですまないねえ！」祖母が気遣いの言葉をかけた。

馬蘭花は手を伸ばして碗の中からナツメを一つつまみ、口に入れた。「うん、おいしい。本物の味だわ」

ナツメがオンドルの座卓の上に置かれた。紅く塗った小さなテーブルだ。馬蘭花は、普段はもったいなくて使えない白い上質な磁器の碗にナツメを盛った。たちまち暗い部屋が明るくなり、心も潤うようだった。呉錦梅は思わず頷いて言った。「もし描くとしたら、静物画ですね」そう言ったあと、胸に痛みが差した。

馬蘭花はじっと彼女を見た。

「錦梅、人生の先輩として、一言助言させて。どんなに痛む傷でも、いずれ傷口が塞がり、少しずつ痛みがひいていくものよ……」

呉錦梅はあやうく涙がこぼれそうになった。馬蘭花という人は、なんて勘の鋭い人なのだろう。この少女が、この小さな町の娘が、今もっとも辛い試練の中にあることが、彼女にはわかったのだ。

しかし、それは言うことのできない秘密である。馬蘭花にはわかっていた。だから聞かなかった。

そのあと、彼女たちはオンドルの座卓を囲んで酒漬けのナツメを食べた。

それは無数にある冬の夜の中のもっとも普通の夜だった。空気は澄んで、寒かったが、音を立てるような大風はなく、雪も降っていなかった。オンドルは暖かく、竈の湯も相変わらず白い蒸気を上げており、土瓶の口から飛び出してくる精霊のようだった。何も特別なところはなく、記憶に留めるべき兆しのようなものはなかった。しかし呉錦梅はこの夜を永遠にけっして忘れることはなかった。

朗霞と引娣はナツメを食べ終わると、オンドルの上で羊拐で遊んだ。形も手触りもよいあの骨の玩具だ。一つの面が赤く塗られている。遊んでいるうちに二人はオンドルから下りた。何を話しているのかはわからないが、二人の話し声や笑い声が母家にとめどなく響いていた。そして、大人たちが気にとめなくなってから、二人はランプを提げて部屋を出た。戸を開け閉めする音がしたので、祖母が声をかけた。「寒いし、暗いから、家の中で済ませなさい。耳が凍ってしまうよ……」

朗霞は外で笑いながら返事をした。「いやだ！」

もうすぐ年越しだった。馬蘭花が手にしていたのは、朗霞の新しい服だった。綿入れの上着の上に羽織る罩衫《ジャオシャン》で、青地に小さな赤い花模様の生地だ。もともとごくありきたりのデザインだが、馬蘭花は工夫を凝らし、赤い布を紐状にして、糸でかがって縁どりした。たちまち色の対照が際立ち、花が綻びるように、清新で繊細な服に変わった。

「おばさん、なんてすてきなの」呉錦梅は、この幾晩か、なんの変哲もない生地が、ごく普通の罩衫が、突然魔法のように特別なものに変わるのを目にしていた。馬蘭花という女性は不思議な人だと感じた。

「一年分合わせても布切符はこれだけだもの、新しい布を買ったら、よく考えて作らないと、布に申し訳ないでしょう！」馬蘭花は笑って答えた。

ちょうどそのとき、たいそう慌てた足音がバタバタと裏庭の方から近づいてきた。戸がバタンと開いて、うろたえた朗霞と引娣が、もつれ合いながら転がるように飛び込んできた。顔がまっ青だった。入って来るなり引娣が「幽霊！　幽霊が出た！」と叫んで、わーっと泣き出した。「白い髪の毛の幽霊が、裏庭にいた、私、見たの！」引娣はとぎれとぎれにすすり泣きながら言った。

朗霞は何も言わなかった。震えており、歯は凍てつく寒さに震えたかのようにカチカチと音を立てていた。目はまっすぐ母を見ていたが、母の向こうのどこか知らない場所を見ているようでもあった。異様な静けさ、果てしない闇、大きな恐れがこの部屋に水のように満ちてきて、彼女たちの足先から膝上、そして体全体を浸した。引娣の泣き声だけが、沈まない竿のように、ぽつんと水面に浮かんでいた。

はじめに口を開いたのは馬蘭花だった。その声は、弱々しく、静かだった。「朗霞、あなたはいつも、この世に幽霊なんているはずない、と言っていたでしょう？　きっと見間違えたのよ」

「間違えてない！」そう言ったのは、やはり引娣だった。彼女はすすり泣きながら、いくらか落ち着きを取り戻していた。「ほんとうに見たんだから。全身真っ白で、顔がなくて、というか、顔に目も鼻もなくて……」

「でもそれが幽霊だって証明できないでしょう」そう言ったのは、呉錦梅だった。落ち着いて静かに妹を見ていた。「朗霞の言う通りよ。この世に幽霊なんているはずない！」

馬蘭花は呉錦梅に一瞬目をやってから言った。「ちょっと見てくるわ」

馬蘭花が靴を履いてオンドルを下りると、呉錦梅もオンドルを下りて言った。「私も行きます」

「えっ？」馬蘭花は戸惑った。「あなたのような若い娘はだめよ。あなたはここで引娣のそばにいてあげて」

「おばさん」呉錦梅は静かに、意味ありげに言った。「私は幽霊なんてまったく信じていません。いっしょに行きます！」

まるで英雄のように毅然としていた。拒むことはできない。

馬蘭花は深く頷いた。「わかったわ。行きましょう」

二人は出て行った。月洞門の「如雲」「似錦」の彫刻の下を通って裏庭に入った。当然のこと、裏庭はがらんとして何もなかった。きれいさっぱりからっぽだった。楡の老木だけが堂々とそこに立っていた。ほかには、二人の子供が驚いて放り出したランプが便所の横の地面に倒れており、すべてを察したような灯りが、ときおり吹いてくる風の中で揺れていた。猫の鳴き声がした。暗闇の中、一匹の猫がすっと塀に飛び乗った。白い影が一つ、塀の上から走り去った。

馬蘭花はゆっくりため息をついた。「なんだ、猫だったのね」

呉錦梅は、何もない裏庭を慎重に眺めてから答えた。「そうかもしれませんね」

その後、引娣はこのことについて話す時、誓ってもいいという勢いで言った。「その幽霊は顔が真っ白で、目も鼻もなんにもなかったんだよ」

呉錦梅が言った。「引娣、あなた、いったい何を見たの？　どんなふうに？」

「だから見たの！　朗霞と裏庭に入ったら、幽霊がそこに立っていたの！　全身真っ白で、光っていて、長い髪を垂らして……」

「見間違いでしょう？　幻覚じゃないの？」

引娣は幻覚とは何か知らなかった。引娣は大きな声で言った。「ゲンカクはお姉ちゃんのほうよ！　私ははっきりと確かに見たんだから。朗霞がランプを持っていたから、ちゃんと見えた。自分で光を出していたから、見たくなくても見えたよ！　大きな白い顔で、顔には目も鼻もなかった！　お姉ちゃん、あれはなんていう幽霊？」

「引娣、この世に幽霊なんていないのよ」

引娣は納得できなかった。「じゃあ、あれは何？」

「猫よ。白くて大きな猫」

「うそ！」引娣の声が大きくなった。「あんなに大きな猫がいるはずない。猫が化けた幽霊だって言うの？」

「引娣」呉錦梅の顔が厳しくなった。「あれは猫よ！　それから、このことは絶対に、外で誰かに話してはだめよ。わかった？」

「どうして？」引娣は姉の厳しさに怯《ひる》んだ。

「考えてみて。あなたは少年先鋒隊の隊員なんだから、人に幽霊を見たなんて話をしたら、覚悟が足りないと言われるわ」

引娣はちょっと考えて、それから頷いた。

この夜、馬蘭花は朗霞に何も聞かなかった。しかし、この夜がもう静かな普通の夜でないことはあきらかだった。朗霞は黙ってオンドルに横になり、目を大きく見開いて、ぼんやりと天井を見ていた。この沈黙に、馬蘭花は心配になり、そして恐くなった。どのくらいの時間がたっただろう、馬蘭花はとうとう慎重に声をかけた。

「ねえ」

「ん？」

「あれは、猫よ」

朗霞は答えなかった。

「見たのよ。呉錦梅も見たわ。大きい白猫だった」馬蘭花は用心深く繰り返した。

朗霞は答えなかったが、猫でないことはわかっていた。朗霞は心の中で、猫ではないと言った。この世にあんな猫はいない。ランプはその白い姿をはっきりと照らし出した。あんなに大きくて、人間みたいで、驚いていた……そう、突然現れた二人を、人間みたいに、驚いて見ていた。その瞬間、朗霞は全身の血が自分の足の裏から流れ出て行くような感じがした。しかし同時に、不思議な感覚もあって、何かよくわからないものが、彼女の鼓動を激しくさせた……

猫ではない、違う、と彼女は思った。

突然恐怖におそわれて、全身がつめたくなった。

「お母さん」彼女はそっと言った。「何か隠していることはない？」

「何を言ってるの。隠していることなんてあるわけないでしょう」

「ほんと？」

「うそよ！」馬欄花は笑って、しっかり娘を抱きしめた。「さあ、馬鹿なことを言ってないで、寝なさい。だいじょうぶだから……」

彼女はとうとう母の温かく安全な懐の中で目を閉じた。暗闇の中、馬欄花が目に涙を浮かべていたのを、彼女が見ることはなかった。

立春をすぎてまもなく、学校が始まった。谷城中学の共青団〔共産主義青年団〕総支部書記は新学期早々一通の手紙を受け取った。差出人の名はなかった。内容は、この学校の一人の女子生徒を告発するものだった。この生徒はブルジョア思想の影響を受け、誤った思想と道徳を持ち、風紀を乱している、既婚の男性を誘惑し、他の家庭を破壊している等々というもので、この女子生徒の団籍を剥奪することを提案していた。

手紙は郵便局から出されていたが、消印が不鮮明なため、よく見てもどこから来たものかわからなかった。

しかし、このような手紙を放置しておくわけにはいかない。そこで、総支部書記がこの女子生徒を呼び出して言った。「呉錦梅、何か団に説明しなければならないことはありませんか？」

「何のことでしょうか？」呉錦梅はすました顔で尋ねた。

実は、彼女はすでに事のいきさつを知っていた。手紙は周香涛の妻が書いたものだ。先頃帰省した時に、どうしてかわからないが、彼の生活の中のこの秘密の女性のことが妻に知られた。妻は彼に言った。「その娘、ただじゃ済まさないから」

彼は哀願し、しまいには跪いて、必ず彼女と関係を断つと妻に誓った……しかし、妻はやはり匿名の手紙を出した。「少しは温情をかけて、あなたには害が及ばないように書いたし、差し出し人の住所もわからないようにしておいたわ」

書記は言った。「呉錦梅、人に知られたくないことはやらないことだ。今日のところは帰りなさい。よく考えて、反省文を書いてくるように。明日また続きを話そう。私に話すのと、団の生活報告会で公開で話すのと、どちらがいいかね？」

その夜、自習時間が終わってから、呉錦梅は荒れ果てた城門のところで、人に気づかれないように、その災いを招いた男性を待った。しかし彼は来なかった。

このような時に彼が来るのは危険だということは、彼女にもわかっていた。もし来れば、ほんとうに二人共ただでは済まなくなるだろう。しかし彼女はそれでも、愚かにも、このまだ寒い初春に、呆然とあてもなく救いを待っていた。

彼女はもちろん反省文を書かなかった。この危機をどうやって切り抜けようかと考えた。彼女の人生で最初の大きな難関だった！　彼女は苦しみながら一晩考えた。どうしたら二人は崖の縁から、危険の深淵から逃れることができるかと。彼女は考え続けた。二つの大きな目が、紙を貼った窓をみつめていた。まだ芽を出していない樹木が切り絵のように、その細く硬い枝の影を窓に映していた。その黒い影が少しずつ薄くなり、淡くなり……夜が明けようとしていた。かすかな光の中で、一晩中閉じられることのなかった目は赤く充血し、まるで罠にかかった獣の目のようだった。

書記がふたたび彼女と話をしたとき、彼女のその目を見て、どうやら答えをみつけたようだと思った。書記が尋ねた。「呉錦梅、団にはっきり説明すべきことはありませんか？」彼女は下を向いた。しばらくして、涙がぽたぽたと落ちてきた。それはとりわけ重い涙だった。彼女はゆっくり顔を上げ、朦朧とした涙目で書記を見て言った。「あります……私はある事を隠していました。私は、苦しい……」

口から出たそれは、驚天動地の事件だった。

その人物は、半月後の深夜に捉えられた。警察が北磚道巷を取り囲み、裏庭に突進し、地下ムロでその幽霊を捕らえた。皓々と照らす無数の懐中電灯や特製のサーチライトが、天地に張り巡らされた光の網のように、その幽霊から身を隠す場所を奪った。髪も髭も、どうやら太い眉さえも真っ白で、体からはリンの成分が発光していた。強い光をあてられて、彼は目を開けることができなかった……

ほかに同時に捉えられたのはその妻——馬蘭花だった。

小さな町は、鐘のようにゴーンと鳴り響き打ち震えた。「なんということか。自分たちのすぐ目の前に、こんな天を揺るがすような秘密が、罪が隠されていたなんて！」「反革命鎮圧運動*のとき、あんなにたくさんの反革命やスパイが銃殺され、あんなにたくさんの反革命が逮捕されたのに、なんとまだ網を逃れた魚がいたとは！」「あの女、馬蘭花はまったくたいしたやつだ！　普段の生活では、たいそう温和で上品で弱々しく見えたのに、心の中にこんな大それたことを隠し、それもこんなに長く隠していたなん

*反革命鎮圧運動　一九五〇から五三年におこなわれた政策。土匪、国民党、反動的党派団体の中堅幹部等がスパイや反革命分子とされ、死刑や懲役刑に処せられた。

て！」「これは、この時代に対する、そしてこの谷城という町に対する挑発行為である！」「どうりで彼女は再婚しなかったわけだ」「どうりで家の一角を貸すことを拒んで、寄付することにしたわけだ」真相が明らかになってから、人々はみな〝事後の諸葛亮〟*になった。人々は少しずつ、彼女のかつての生活のあやしい点を思い出した。たとえば、「あまり近所づき合いをせず、人と世間話をしたり、他の家のことを詮索するのを好まないので、彼女は昔からの女性のあるべき姿をよく守っている人だと思っていたが、実は口が禍するのを恐れていたのだ」というように。

彼が隠れていた地下ムロからは、火薬や無線電信機の類や暗号帳などは見つからなかったようだ。彼はスパイではなく、ただの軍人だった。

彼の身分を証明するものは何もなかった。あったのは一枚のビラだけだ。黄ばんだ、遠い過去の、皺くちゃでぼろぼろの紙切れ、古い血痕が残る紙切れが、枕の下に置かれていた。そこにはこう書かれていた。「国民党軍の兄弟たちよ、武器を置いて、家族のもとへ帰りなさい！」

ほかには毒薬の入った小さな瓶が一つあった。

*事後の諸葛亮　事が明らかになってから、さも知っていたかのように解説する人のことを、三国時代・蜀の卓越した戦略家である諸葛亮（諸葛孔明）の名を用いて言う。

## 四　墓守り人

その日の深夜、陳宝印が西街の家の戸を叩いたとき、馬蘭花はほとんど自分の目が信じられなかった。目の前にいる天から落ちてきたようなこの男は浅黒く痩せていて、平服に道具袋を背負っており、町を渡り歩く商売人のようだった。「なんてこと！」彼女は驚いて叫んだ。彼は慌てて身をかぶせるようにして彼女の叫び声を抑えた。

その夜、まだ二歳にならない朗霞はぐっすり眠っていたので、孔おばさんが抱き上げて自分の部屋へ連れて行った。災禍から生き残ったこの夫婦は、暗闇の中で不安におののきつつ互いを確かめ合った。「あなた、宝印なの？　ほんとうに？」と、馬蘭花は何度も聞いた。

「そうだよ、蘭花、俺だよ」

「あなたの魂？」

「違うよ。君がいるのに死ねるもんか」

馬蘭花は泣いた。「あなたは戦死したか、そうでなきゃ台湾へ渡ったかと思った。もう二度と会えないと思っていた！」

溶けた蝋燭のように、涙が彼の胸元に落ちた。二人は我が家のオンドルの上でしっかり身を寄せ合った。彼はこれまでのことを話した。町が敵の手に落ちた時、彼は捕虜にならず、一部の将兵たちのように自決もしなかった。もともと町を守っていた将兵には、上層部から一人に一つ毒薬の入った小さなガラス瓶が配られていた。この町と存亡を共にせよという意味だ。もとより彼も生きのびようとは思っていなかった。彼とて軍人だから。しかし最後のときになって、神の仕業か、一枚のビラが風に吹かれて彼の足元に舞い落ちた。このようなビラは戦地ではたくさん使われていた。解放軍の心理作戦だ。拾ってみると、どの隊の兵士のものかはわからないが、真新しい血の跡がついていた。そしてあの言葉が書いてあった。「国民党軍の兄弟たちよ、武器を置いて、家族のもとへ帰りなさい！」

その瞬間、彼は全身の力が抜けた。西街を、馬蘭花とまだ見ぬ幼い娘のことを思い出し、胸が痛くなった。彼はそのビラをポケットに押し込んだ。毒薬の瓶とともに。たとえ死ぬにしても、妻と娘を一目見てから死にたいと思った。

町が落ちた時、彼はその町の友人の家に身を隠し、平服に着替え、数日後、混乱に乗じて町を脱出した。解放されていた谷城にすぐに戻るのは危険だと思い、一路南へ逃げた。汽車に乗り、船に乗り、歩き、何度も危険な目に遭いながら、なんとか高飛びできる場所まで辿り着いた。そのとき彼はまだ何本かの〝黄色い魚〟〔金の延べ棒〕を持っていたので、それを台湾行きの船の切符に変えた。だがその貴重な乗船券を手にしたとき、ためらいが生じた。彼は思った。このまま一人でこの地を離れたら、いつ家族に会うことができるだろう？　この命をながらえたのも、もとはと言えば妻と娘に会うためではなかったか！

そこで彼は、乗船券を待っている人たちが仰天するような行動に出た。乗船券を譲り、決然と北へとって返したのだ。

まわりの人たちは彼を励ました。「〝山がある限り薪の心配はない〟と言うじゃないか。命さえあれば、きっといつか会えるさ」彼は思った。そう、その通り、だがそれはいつのことだろう？　その道のりはいったいどれだけあるのだろう？

彼は一路北へ向かい、谷城をめざした。彼は、戻ってから妻と娘を連れて、手立てを考えて南へ逃げ、それから台湾あるいは香港へ行こうと考えていた。この考えがどれだけ甘いかわかっていなかった。北へ向かう道はたびたび遮られ、長く苦しい旅だった。解放された土地では、身分の疑わしい人間は先へ進むことが許されない。彼は北方へ羊毛を買い付けにいく担ぎ屋のふりをして、陸路、水路、車、汽車、牛車、ロバに乗り、長江を越え、淮河を越え、黄河を越えた。どれだけかかったかわからない。途中何度も、見破られたかと思うことがあったが、なんとか危機を切り抜けた。そしてある日の夕暮れ、とうとう遠くに谷地に広がる平原に聳え立つ静かな鼓楼——心の中に刻みつけられた谷城の目印を目にした。涙が出た。谷城よ、俺は帰ってきた！　こう思った時、彼の心には悲しみが広がった。彼にはもう、この町に入れば生きては出られないということがはっきりとわかっていたから。

彼は城壁の外の穀物の実る畑の中に身を隠し、夜が深まり人の気配がなくなるまで待った。昼間城壁内に入って誰かに気づかれることを恐れたからだ。谷城は狭く、秘密にできる場所はない。季節はもう秋だったので、コーリャンは赤くなり、トウモロコシと稲も黄色に実っていた。夜風が吹くと、穀物の爽やかな香りが顔にかかった。トウモロコシの実を一つもぎ取り、皮を剥いて一口齧った。その爽やかで甘い実と汁がたちまち口の中に広がり、涙が滲んできた……周りは虫の鳴き声に包まれていた。顔を上げて空を見ると、なんと澄み渡っていることか。満天の星々が落ちてきそうなほどに輝いている。なんてきれいなんだ！　彼は軍人であり、銃弾が飛び交う中で死闘を繰り返してきた人間だった。これまでずっと、頭上に広がる空がこんなにも心を和ませ、せつなくさせるものだとは知らなかった。いいさ、こんな空の下で死ねるなら、この艱難辛苦の行路もその甲斐があったというものだ、と彼は思った。

馬蘭花は泣いた。彼の胸に顔を深く埋めて言った。「あなたは、あなたという人は、なんて愚かなの！　どうして逃げなかったの？　どうして帰って来たのよ！」

「君を諦められなかった」

「でも帰って来たら、網の中も同然、もう逃げることはできないのよ！」

「運命に任せるさ。もともとあの町が敵の手に落ちたときに死んでいたはずの身だ。こうして君に会えたんだ、死んでも本望さ……」

「だめ！」馬蘭花は手のひらでしっかりと彼の口を塞いだ。「そんなこと言わないで。死ぬだなんて言ってはだめ！　ほんとうなら生きられたのよ。逃げて行くことができたのよ。もしあなたがここで命を落としたら、私はどうやって生きていけばいいの？　毒薬を持っているって言ってたわね。どこにあるの？　私に渡して……」

馬蘭花は彼の肌着からその小瓶を探りあてた。彼女は小瓶をしっかりと手に握ったが、その手は震えていた。「この薬は私が預かる。本当にもうどうしようもなくなった時には、あなたと二人で、半分ずつ」

彼はもう何も言わなかった。ただしっかりと、思いを込めて妻を抱きしめた。

夜が明けようとしていた。二人は次第に白んでいく窓の外を、目覚めようとしている谷城をぼんやりと見た。二人は知っていた。もはや彼は罠にかかった獲物なのだと。

はじめ、馬蘭花と孔おばさんは彼を西の棟の小部屋にかくまった。外から南京錠をかければ、朗霞には開けられない。しかし結局のところ安全ではない。いつでも誰かが敷地の中に入ってくる可能性はある。近所の人や役所の人が何か連絡しにやって来ることもある。ある日、地域で一軒ずつ衛生検査をするという通知があった。馬蘭花は、西の棟では隠し通せないことを知った。

その日の深夜、朗霞は熟睡していた。馬蘭花と彼はランプを提げて、静かに裏庭の地下ムロに下りた。幸いなことに、この家のかつての持ち主は、地下ムロを広々と作っただけでなく、内側に煉瓦も嵌め込んであり、まるで秘密の部屋のようだった。昼間のうちに、馬蘭花と孔おばさんが準備万端整えてあった。幅の狭い扉板を一枚下ろし、地面に置いて寝台にした。湿気を防ぐために、厚い綿入れの布団の上に犬皮の敷物も敷いた。オンドルで使う座卓を運んでベッドの横に備え、食事用の碗と箸と胡麻油のランプを置いた。馬蘭花はこの陽の当たらない場所を悲しそうに眺めて言った。「辛い思いをさせるけど」

彼は笑って「塹壕より百倍いいさ」と答えた。

彼が慰めようとしてそう言ったことを、彼女は知っていた。「じゃあ、とりあえずこれで」続けて言った。「先のない道はないと言うでしょ。かならず方法があるはずよ」

ぼんやりとではあるが、彼女は、方法があるはずとほんとうに思った。はっきりとはわからないが。もしかすると彼女はまだ決心がつかなかったのかもしれない。つまり彼に……自首を勧めることが。

この解放された社会は、冷静に見て、とてもよいと馬蘭花は感じていた。衛生的で穏やかで、誰も人を貶めたりしない。

しかし、まもなく反革命鎮圧運動がやって来た。

谷城でも銃殺が始まり、南城門外の湖の窪が刑場となった。罪人たちは軍用トラックで湖の窪まで護送された。馬蘭花も一度処刑を見に行ったことがある。十数人が雪の積もった地面に一列に並んで跪いていた。銃声が響いた時、彼女は顔をそむけ、目をつぶった。目を開けると、雪の上の血が見えた。真っ赤で、目に刺さるようで、痛みを感じた。血が人の目を刺すということを、彼女ははじめて知った……

掲示を見ると、銃殺された中に国民党軍の連隊長がいた。陳宝印よりも下の官位だ。彼女はひどく驚いて、その晩高熱を出した。

孔おばさんはそばで一晩看病し、刮痧や瀉血をおこなった……明け方、熱が退いた。彼女は孔おばさんを見つめて言った。「一つお願いがあるの」

「あなたは私の娘も同じ。なんでも言いなさい」

彼女は布団の中から両手を伸ばし、孔おばさんの手をしっかり握った。もともと潤いのある唇は、一晩の高熱でカサカサになっていた。彼女は孔おばさんを見つめて言った。「お願い。将来、いつかわからないけれど、万一、万一事が明るみに出たら、あなたは何も知らないと、絶対に言い通して！」

孔おばさんはしばし呆然としたが、そのあとゆっくり頷いた。「わかった」

「約束して！」

「約束するよ」

「本当にその時が来たら、私に代わって、私たちに代わって、朗霞を育てて。ほかに頼れる人はいないの。両親はもういないから、あなたしか頼れる人はいないの！……」

「蘭花、不吉なことを言うもんじゃない。でも本当に何かあったら、心配はいらない。朗霞は私の孫じゃないか！」孔おばさんは静かに涙を浮かべながら、そう答えた。

馬蘭花はこうして暗闇のようなあの大きな秘密を守り、そのために苦しみ、傷を負うことになった。もしかしたら、彼女には自分を救い、そして夫を救う機会があったかもしれない。だが逃してしまった。救いの列車に乗る事ができず、その列車が猛スピードでプラットホームを走り抜けて行くのをただ見ていた。それは時代の列車であり、一方彼女は旧時代の墓守り人となった。


のちに、引娣は繰り返し呉錦梅を問い詰めた。「白髪の幽霊のことを人に言ってはいけないと私に言ったとき、そのときからもう、あれは朗霞のお父さんだって知ってたの？」

「知らなかったわ」

「私には言うなと言ったのに、なんで自分は言ったの？」引娣はまっすぐに姉の目を見ていた。

「あんたにはわからない」

「そうよ。私にはわからないわ」

「私は共青団の団員よ。反革命を庇うことはできない。私があんたに人に言うなと言ったのは、いっとき気が迷って、団員としての自覚を欠いたからよ。わかった？」呉錦梅は妹の顔を見てため息をついた。「そうよね、朗霞はあなたの親友だもの……」

「朗霞の名前を出さないで！」引娣は呉錦梅に向かって大声で言い、話を遮った。彼女は怒りの眼差しで姉を睨むと、走り去った。

家の門を出てから、引娣は自分にはもう行く場所はないのだと気づいた。

もう何年も、引娣は家を出ると朗霞の家に行くのが習慣になっていた。考えてみると、彼女は十一歳になるが、朗霞と馬蘭花の家で過ごした時間のほうが、自分の家で過ごした時間よりも多かった。実際のところ、そこは彼女のもう一つの家だった……しかし今、その家はもう二度と行くことができなくなってしまった。

向かいの黒い門は閉じられ、中から物音は聞こえず、まるで墓のようだった。もう何日も朗霞を見ていない。朗霞は家に閉じこもったきりで、学校へ行く姿も見られなかった。まるでこの谷城から消えてしまったかのように。引娣はぼんやりとその静まり返った門を見ていた。突然、悔しさと憤りがこみ上げて来た。「本当はあの反革命は毎日彼女たちといっしょにいたんだ！　でも私は何も知らず、だから幽霊だと思って……」

引娣は駆け寄って足を上げて、門扉をドンドンドンと蹴り、蹴りながら叫んだ。「反革命！反革命！　反革命！　反革命！……」呉錦梅が家から出て来て、彼女を抱きかかえた。「引娣、落ち着いて！」

引娣は蹴るのをやめた。足を戻して、顔を上げた。妹の目から涙がとめどなく流れるのを、呉錦梅は驚きながら見ていた。妹は涙で濡れた顔を姉に向けた。「これで満足？」

## 五　ツバメさん、おめかしね

実はあの日、引娣と朗霞が裏庭で陳宝印に出くわしたあと、馬蘭花は悟った。事はもう終わりに近づいていると。

次の日の深夜、彼女はそっと地下ムロに下りた。彼を見て、何も言わず、ただ黙って抱きしめた。ここ数年、朗霞の成長にともない、また時局を考えると警戒しなければならなかったので、二人が会う時間はしだいに少なくなっていた。彼女はただ毎晩、縄をくくりつけた竹籠を使って食べ物を地下ムロに下ろし、それから桶に入れたオマルを地上に上げ、中をあけてきれいに洗ってからまた下ろした。彼らは暗闇の中、黙々と、日常の作業をおこない、無言のまま心を通わせた。

二人は、間に合わせの寝台の上に寄り添うように座った。石油ランプが彼らの大きな影を壁にぼんやりと映し出していた。肝を冷やしそうな姿に変形した黒い影だった。寝台に敷かれた犬皮の敷物は、いまはもう毛が抜け、摩耗して薄くなり、穴も開いていた。馬蘭花はその敷物をそっとなでて言った。「宝印、八年になる？」

「うん、二千九百二十何日かだ」

それを聞いて、馬蘭花は涙をこぼしそうになった。彼女は顔を上げて彼を、かつて颯爽としていた夫を見た。彼女は目に涙を浮かべて微笑んだ。「ハサミを持ってきたの。髪を切ってあげる」

「たのむよ」

彼女はタオルを彼の首に巻き、髪を切り始めた。チョキ、チョキ、チョキ、幾筋もの長い白髪が下に落ち、だんだんと、雪のように積もった。その白い雪を見て、馬蘭花は心が引き裂かれる思いだった。彼女はそれ以上切ることができなくなり、そのまま彼を、彼の白髪の頭をその胸に抱きしめた。子供を抱くように。

「あなたはなんて愚かなの。あの時なぜ帰ってきたの？」彼女は泣いた。

陳宝印は目を閉じ、その温かくてよい香りのする身体を、妻の身体を感じていた。それはあの世界の香りだ。空と大地があり、太陽と月と星があり、昼と光があるあの世界。少し間を置いてから、彼は小声で言った。「そんなふうに言わないでくれ、蘭花。君のそばでこんなに長く生きられたんだ。本望さ！」

「お日様を拝めない日々なんて、割に合わないでしょう！」

陳宝印は微笑んだ。「こんな言い方を知らないかい？　牡丹の花のもとで死ねるなら、それもまた粋な人生よ*」

彼は死という言葉を冗談で口にしたのだが、その言葉は馬蘭花の心を震え上がらせた。

「それに、なんといっても、我が子が成長するのを〝見とどけた〟と言えるしね……」彼はま

＊牡丹の花のもとで…俗謡。女性と浮名を流した男性の言葉と解釈されることが多いが、本来は文字通り牡丹の花の美しさを謳ったものとも言う。

た頬を緩めた。「昨日見たんだ。あの背の高いほうの、ランプを提げた女の子、声を聞いてすぐにあの子とわかった……あの子、さぞ驚いただろうね？」彼は急に声をつまらせた。

この地下ムロに下りたあの日から八年、彼が朗霞を見たのはこれが初めてだった。だが彼女の声は、彼の心の中にしっかり刻まれていた。まだ乳離れもしていない娘が、覚えたての言葉をたどたどしく「にれのたね、にれのたねをたねる（食べる）……」と話し始め、それから日増しに流暢に歯切れよく明瞭になっていくその声は、彼の身に降り注ぐ陽光のようであり、鳥の囀りや花の香りのようであり、流れる雲や川のせせらぎのようだった。それは太陽を見ることのないこの男に運命が与えた最大の恩恵――天の光だった。

彼の記憶では、地下ムロの中でふいに、はじめて娘の声をきいたとき、彼女が言っていたのは「おばあちゃん、にれのたね、にれのたねをたねる……」だった。彼はまるで爆弾が命中したかのように、全身が砕け散ったように感じた。鼓膜に激痛が走ったほどだ。彼の耳は、このような幸福を受け入れる準備ができていなかったのだ……その声がついに完全に消えてから、彼は生まれて初めて声を上げて泣いた。

そのときから、あの耐え難い白昼に、彼は奇跡を、偶然にその声が降臨するのを、光のない深い地下ムロに陽光が降り注ぐのを待つようになった。当然ながら、彼女はふだんはこの裏庭の奥まで入ってくることはないので、毎回それはめったにない祝祭のようなものだった。おおよそ一年余り前のこと、彼はついに彼女の歌声を聞いた。どういう理由か知らないが、彼女は一人で裏庭にやってきて、何遍も繰り返しその一節を歌った。

ツバメさん、おめかしね
まいとし春にやってくる
なぜくるのとたずねたら
ツバメさんがいいました
ここの春が一番きれいだから*

それは聞いたことのない歌、そしてこれまでの人生で耳にした最も美しい歌だった。その細く澄んだ幼な子の声は清らかで暖かい谷川のせせらぎのように、彼の足先から身体全体を撫でていく。小さな魚が足の間を泳ぎ回り、傍の岸辺には赤い花と緑の草が揺れている……彼は思った。天国とはこのようなところなのではなかろうかと。

実際、陳宝印にはわかっていた。馬蘭花の言うとおりだと。あのとき彼がもしこの町に帰らず、海を渡るあの船に乗っていたなら、こんなふうに家族に難が及ぶこともなかっただろう。しかしもう遅い。もう戻れない。あの船に乗ることは永遠にできないのだ。

この夜、馬蘭花は彼の髪とひげを切り揃えた。剃刀《かみそり》がなかったので、ハサミでできるだけ形を整えた。見るからに、ずいぶんさっぱりして、元気そうになった。馬蘭花は彼をじっと見つめ、しばらく見つめてから言った。「やっぱり男前だわ」

涙が溢れた。

*ツバメさん……童謡。一九五四年に『小燕』の題名で発表された後、一九五七年の映画『看護士日記』の主題歌になった。王路、王雲階作詞、王雲階作曲。

その夜、彼女は地下ムロにとどまった。彼らは間に合わせの寝台の上で身を寄せ、しっかり抱き合った。彼女は波のように彼を呑み込み、激しく揺さぶった……彼は熱い涙を流した。「本望だ！　牡丹の花のもとで死ねるなら、それもまた粋な人生よ！」

彼は、そして彼女も知っていた。それが最後の生死のもつれであることを。

夜明け前に、彼女は立ち去った。去る時に一つの物を残した。「これを。璧《へき》を趙に*」

それはあの毒薬の入った小瓶だった。

彼女は彼に背を向けて言った。「宝印、この世の借りは、つぎの世で返します！」

彼女は去った。もうすぐ夜が明ける。ランプの炎が瞬いている。この地下には、白昼は永遠にこない。彼はじっと考えながら、長い間その小瓶を眺めていた。心の中は雪に覆われたように静かだった。現世を捨てることは今や容易なことだが、しかしそのあとの事は？　馬蘭花一人で、死体をどう隠すのか？　家に死体を隠して、それが明るみに出たら、どんなことになるだろうか？

陳宝印、そうするしかない、と彼は思った。

地下ムロの入り口が警察によって開けられたとき、懐中電灯のまぶしく明るい光の筋が天地に張りめぐらされた網のように彼を覆ったとき、彼は思った。これで太陽の下で死ぬことができる。

*璧を趙に
戦国時代、趙の藺相如（りんしょうじょ）は、十五の城と交換しようという秦王の申し出を受けて「和氏（かし）の璧（へき）」（宝玉）を携えていったが、秦王には城を譲る気がないのを見て璧を取り返し、無事に持ち帰ったという故事により、預かり物を無傷で返すことを言う。原文は「完璧帰趙（璧を完うして趙に帰る）」。「完璧」の語源。

# 六　趙彼得

陳宝印が銃殺される日、谷城は当然ながら町中が沸き立った。もう季節は夏で、城壁の外の畑は小麦の穂が出はじめていた。いたるところに例の製鉄のための土高炉*が作られ、濃厚な黒い煙をあげていた。まず公開裁判が開かれ、そのあと罪人引き回しがおこなわれて、最後に城壁の外の湖の窪に連行された。

一方、馬蘭花は、反革命を匿《かくま》ったとして、五年の実刑判決を受けた。

この日、西街の北磚道巷の朗霞の家の表門は、まるで墓所のように、ぴたりと閉じられていた。

いつもなんでも見たがる引娣が、その日はこれまでと違って、同級生たちと湖の窪へ刑の執行を見に行くことはなかった。引娣は一人で、家の小さな中庭の石のテーブルで羊拐で遊んでいた。一人で何度も繰り返し。

呉錦梅も出かけなかった。彼女はオンドルに座り、窓ガラス越しに、中庭で黙って遊んでいる妹を見ていた。彼女はあの冬の夜を思い出した。酒漬けのナツメの赤、陶器の皿の白、静物画のような場面だった。鮮やかで、少しも濁りがなかった。それからあの素朴でなつかしい食べ物の香り。安らぎと温もりを感じさせる香り。もう戻れない、と彼女は思った。あの暖かく純粋な冬の夜には、もう永遠に戻れない。

オンドルの上に一つの箱があり、一番下にあの空色の白い丁香の花が広がるブラウスがしま

＊土高炉
一九五八年に始まった大躍進政策を受け、鉄鋼増産のために急遽全国の人民公社などで作られた高炉を指す。多くは質が劣り、鉄鋼増産につながらないばかりか、農民が鉄鋼生産に駆り出されたので農業が停滞するなど弊害が大きかった。

われていた。すべては、これから始まったのだ。

ほどなくして、祖母が朗霞を連れて故郷へ向かった。

祖母の故郷は省の北部にあった。山に囲まれた寒冷地で、雨が少なく、エンバクとジャガイモを生産していた。外に出て顔を上げると、崩れかかった烽火台と、古い長城の遺跡が見える。

事件の後、朗霞は大きな病気をした。治ってから、彼女は祖母に言った。「おばあちゃん、私を連れて行って」

「そうだね。行こう」

祖母は続けた。「城壁の外のあの大きな河に沿って、北へ向かって果てまで行ったところが、おばあちゃんの故郷だよ」

「うん。果てまで行こう」

祖母は最小限の時間で後始末を済ませた。家はすでに政府のものとなり、家具は持っていけないので売った。この日の朝早く、二人は、祖母が大きな包みを、朗霞が小さな包みを持ち、門を出て長距離バス発着所へ向かった。これが、事件後に朗霞が屋敷を出たはじめてのことだった。祖母は向き直り、いつもの習慣から門を閉じて錠前をかけた。ガチャンという音を聞いた時、朗霞は心の中で淡々と一言、永遠にさようなら、と言った。

家の前の横丁から西街に出て、振り向くと鼓楼が見えた。どっしりと、高く大きく、そして冷たく、非情だった。朗霞は無表情に鼓楼を一瞥し、背を向けた。幸いなことに、ここを離れるにあたって鼓楼の下を通る必要はなかった。鼓楼はいま彼女の後ろにあり、一歩ずつ遠くなっていった。そのとき、タッタッタッと背後から追いかけてくる足音が聞こえ、その手が彼女の腕を引いた。

振り返ると、引娣だった。

引娣が彼女を見た。目は真っ赤だった。何も言わず、ただ黙って朗霞の手をとり、握っていた物を朗霞の手の上にのせた。

あの数個の羊拐だった。

白くて玉のように温もりがあり、一面だけ赤く血の色に塗られている。それは引娣が肌身離さず持っていた唯一の宝物だった。

それを渡すと走り去った。

朗霞はその数個の羊拐を握ったまま歩き続けた。一度も振り返らなかった。振り返る勇気がなかった。突然溢れてきた涙を、鼓楼にそして西街に見られたくなかったのだ。

予想もしていなかった人が長距離バス発着所で二人を待っていた。

趙医師だ。

「おばさん、行き先の住所を教えてください。連絡がとれるように」

「その必要はないでしょう。趙先生にご迷惑をおかけしたくありません」

「おばさん、子供のためです」

彼はペンと紙を手に、どうしてもと言って引き下がらなかった。祖母は泣いた。涙をぬぐいながら、その地名を、村の名を伝えた。「あなたのご厚意に、蘭花に代わって感謝します」朗霞は黙って傍に立っていた。そこで起こっている一切のことが目に入っていないかのようだった。

趙医師は祖母の大きな包みを持った。それから朗霞の小さな包みを持とうとしたが、朗霞はよけた。祖母が趙医師を見てそっと首を横に振った。事件の後、朗霞はずっとこうだった。すべてに心を閉ざしてしまった。何も聞かず、何も言わず、泣きも騒ぎもしない。病気になっても、ただ静かに伏せっているだけだった。その静かさは怖いほどで、あたかも別の世界のもののようだった。極地の雪原のように、凛として、冷たく、静まり返っていた。

たまたま知り合っただけのこの男性が、老女と少女を、二人が北へ向かう長距離バスに乗るのを見送った。彼は食べ物の入った包みを祖母に渡して言った。「おばさん、お元気で……」彼は二人に手を振った。バスが遠ざかっても、ずっとそこに立っていた。ただ、朗霞が振り返ることはなかった。

しばらくたって、バスが休憩のために停車したとき、祖母は朗霞になにか食べさせようと思って、趙医師から渡された包みを開け、あっと驚きの声をあげた。食べ物とともに五十元が入っていたのだ。二人にとって、それは間違いなく雪中の炭、大金だった。祖母は涙をこぼした。

朗霞は祖母に言った。「おばあちゃん、泣かないで。そんな必要ない」

彼女はそう言うと、バスの窓を開けて、ずっと握りしめていた羊拐を、玉のように温もりのある友の宝物を、窓の外へ、背後へ放った。

「谷城なんて大嫌い」さらに言った。「大嫌い——お母さんなんて！」

そのとき朗霞は知らなかった。母は、馬蘭花はすでに病に冒されていたことを。彼女は五年の刑期を全うすることができず、一九六〇年代の初めに獄中で死亡した。

## エピローグ　楡銭

二一世紀になって、谷城の郊外に大きな公共墓園が造られた。新式の墓園がみなそうであるように、山のふもとに造られた永安という名の墓園は、一見したところ墓碑がびっしりと立ち並ぶ碑林のようだった。この日、墓園にはこの土地の者ではない二人の女性が訪れていた。母と娘で、母は六十歳くらい、娘は年齢はわからないが、モダンで花のように美しい。

二人はある人の墓参に来ていた。

その人の姓は趙といい、墓碑にその名が刻まれていた：趙彼得。

二人は生花と果物と酒と紙銭*を携えていた。母親が酒を供えた。なみなみと酒を注いだ盃を掲げて言った。「趙おじさん、どうぞ盃を受けてください！」

それから丁重に盃の酒を墓前に注いだ。

＊紙銭　供養のために墓前で焚いたり葬列で撒いたりする紙でつくったお金。

「趙おじさん、私が誰かわからないでしょう？　朗霞です。時が経つのは早いものですね。あっという間に私も六十になってしまいました！　あなたがお元気なころ、私は一言の感謝も述べず、一通の手紙を書くこともしませんでした。お金を送っていただいたとき、お返事の手紙はいつも祖母が人に頼んで書いてもらっていたのです……この世で私ほど薄情で恩知らずな人間はいないでしょう。それなのにこんな私を、あなたは少しもとがめず、毎年いつも通りに送金してくださいました！　おじさん、口に出して言ったことはありませんが、心の中ではずっと、世の中にどうしてこんなにいい人がいるのだろう、恐ろしくて恨みしかない人の世に、どうしてこんなにいい人がいるのだろう、と問い続けてきました。あなたは私たちと縁もゆかりもないのに！　おじさん、もしあなたがいなかったら、朗霞は今どうなっていたかわからないと、ほんとうにそう思います。苦しくてもう生きていけないと思った時、過ちを犯しそうになった時、堕落した人生を送ってやろうかと思った時、私にはそうしてはいけない理由があると思い直しました。おじさん、あなたがその理由です。いつもあなたのことが思い浮かびました。この世にまだ趙おじさんがいるではないか、趙おじさんがいるこの世なら、まだ最悪ではないと……」

彼女の目には涙が光っていたが、声は変わらず穏やかで落ち着いていた。それはもちろん、傍に立つ娘にははじめて聞く話だった。娘は驚きつつ母を、そして墓碑を眺めた。すると母親はポケットからある物をとりだした。小さな古びたノート、数十年前の子供たちがよく使っていたノートだった。「祖母が生きていた時、あなたが送ってくださったお金は、祖母がすべてきちんとこのノートにつけていました。祖母は臨終の時これを私に手渡して、『これは帳簿だけれど、ここに書いてあるのはお金ではなく、おばあちゃんと孫が受けた恩義だよ。いつか、おばあちゃんに代わって、このご恩への感謝を直接伝えておくれ』と言いました。……でもその後も長い間、私はずっと会いに来ませんでした。あなたに会っても「感謝」という言葉を口にできないと思ったからです。「感謝」では軽すぎる、軽すぎます！……でも今、わたしの娘が結婚して遠くフランスへ行くことになりました。娘が発つ前に、娘を連れてあなたにご挨拶しなければ、そしてこの小さなノートを娘に渡して、その中に記されている物語を、母がこの生涯であなたから受けた恩義を伝えなければと思ったのです……」母親はそこまで言うと、ゆっくりと跪き、墓碑を抱きしめた。

銘恩、戴銘恩《ダイ・ミンエン》、娘はこの瞬間理解した。自分の名前の由来、すなわち自分の前史を。

よい天気だった。北方では得難いよく晴れた春の日で、風は穏やかで柔らかな日差しが降り注いでいた。墓園は静かで、鳥の囀りに包まれていた。遠くを見れば、ここそこに、桃や桐や丁香、それから名前のわからない野山の木々がたくさん花をつけていた。北方の春の素晴らしさは、こんなふうに一斉に高らかに、思いを響かせるところにあるようだ。そしてそれゆえ、秘密は、より深くより隠れたところに眠ることができるのだろう。

近くの名の知られた古都に比べ、谷城はずっと静かだ。おそらくそのためもあり、昔からの実際の生活の痕跡が残っているのだろう。

たとえば西街、たとえば鼓楼。観光名所になっているところでは、旧式の建物の軒下に大きな赤い提灯がいくつも掛けられ、テレビドラマのセットのようになっているが、西街ではそのようなことはない。よく見ると、こちらの家に一つ、あちらの家にまた一つというように、軒下に昔の灯籠が一つ二つ掛けてあり、ひどく傷んでいるものの、時代の移り変わりを感じさせる美しさがある。

それからたとえば古い住居。

朗霞はそれを見つけて驚いた。かつての家が見る影もないほど古びて、まるで廃墟のようなのに、今見るととても狭く窮屈に感じられるのに、便所の後ろの壁はすでに崩れ落ちているのに、しかしそれでも、入口のあの石に刻まれた三文字が、あのしばしば夢の中に出てくる三文字が、五十年の歳月を経てもなおそこにあったのだ。彼女はその三文字を見るや、目が潤んだ。

活発場。

「朗霞でしょう？」突然、背後から声がした。

振り返ると、背が高く痩せていて、小さな顔には深い皺が刻まれ、強めのパーマをかけた年配の女性が、目を細めて彼女を見ていた。

朗霞の口からその名前が出た。「引娣」

「まあ！」引娣が声を上げた。「ほんとうにあなたなのね、朗霞。鼓楼のあたりからついてきたのよ。もしかして朗霞じゃないかと思って。でも人違いだったらいけないし……」

二人は、五十年前の幼なじみは、その場に立ったまま互いを見つめ、微笑んだ。傍らを、過ぎた時間が大河のように音を立てて流れていく。二人の耳には、その心震わせる音が聞こえていた。

「朗霞、元気？」引娣が涙を浮かべながらきいた。

「ええ！」と朗霞が答えた。「引娣、あなたは？　元気？」

引娣は微笑み、朗霞の問いには答えずに、こう言った。「朗霞、あなたがきっと戻ってくるって、私にはわかっていたわ」

「どうしてわかったの？」朗霞も微笑んだ。「自分でもわからなかったのに」

「でもちゃんと戻ってきたじゃない。数日前、おばさんを見たの。おばさんが帰ってきて、あそこ、あの楡の木の下に立って、言ったの。『ほら、楡銭ができている、この木いっぱいに。朗霞は楡銭の布爛子が大好物なのよ！』って。見たら、ほんとうに！　あの木は枯れて何年にもなるのに、今年、なんと生き返ったのよ！　こんなにたくさんみごとに楡銭をつけて！

今晩、私が楡銭の布爛子を作ってあげるわね……」

「誰のこと？　誰が帰ってきたって？」

「おばさんよ。馬蘭花おばさんよ！　ときどき様子を見に帰ってくるの」

正午の大きな太陽が輝いていた。朗霞は、全身にサーッと電気が流れたように感じた。あの楡の老木、古くからの友が、彼女を呼んでいたのだ。びっしりと楡銭をつけて、一度枯れたのに生き返るほどの深い思いで、彼女を呼んでいたのだ。もしかしたらそれは楡ではなく――母なのかもしれない。彼女は木の下に母を見た。若く美しく楡銭のように清々しい香りのする母が、木の下に立ち、憂を含んだ微笑みを浮かべて朗霞を見ていた。
朗霞はうしろにいた娘を引き寄せた。「お母さん、あなたの孫娘です」
そう言ったあと、泣いた。

## ✺訳者あとがき

中国北方の町に生まれた少女・朗霞《ランシア》は、優しく賢い母、家事のじょうずな祖母と三人で暮らしていた。古くとも手入れの行き届いた家には、穏やかな時間が流れ、柔らかな光が差していた。しかしそのような生活は、母が秘してきた事実が明かるみに出たことで一挙に崩壊する。そして朗霞はすべてに心を閉ざして、祖母とともに町を出る。愛ゆえの覚悟の選択をした母と、そのために突然故郷を奪われた娘——苛烈な物語だが、エピローグでは再生と希望が伝えられる。

これはまた、無数の運命を見てきた黄土台地の町・谷城《グーチョン》の物語でもある。雄大な自然と歴史を背景に、楡銭《にれのたね》、不爛子《ブーランズ》、醤梅肉《ジャンメイロウ》、擦尖《チャージエン》、羊拐《ヤングアイ》のようなその土地ならではの事物や生活の細部を織り込みながら一つの町を立体的に描く手法は、蒋韻の得意とするところだ。谷城は架空の町だが、山西省太原の南数十キロのところに、明清時代に山西商人の本拠地の一つとして栄えた太谷（晋中市太谷区）があり、小説に出てくる鼓楼、無辺寺が実在し、烏馬河も流れている。また、エピローグに「近くの名の知られた古都」とあるが、近くには世界遺産の平遥（晋中市平遥県）がある。

蒋韻は一九五四年に山西省太原に生まれ、八一年に太原師範専科学校中文系を卒業、同校で教師をつとめながら作品を発表し、九二年に専業作家となる。夫（李鋭）も娘（笛安）も作家。おもな作品に、《隠秘盛開》（二〇〇五年、趙樹理文学賞）、〈心愛的樹〉（〇六年、魯迅文学賞）、

〈行走的年代〉（一〇年、郁達夫小説賞）、〈朗霞的西街〉（一三年、老舎文学賞）、《你好，安娜》（一九年、呉承恩長編小説賞）等。邦訳に「ねむの花」（『季刊中国現代小説』第二巻第三五号）、「紅色娘子軍」（『中国女性作家作品集』）、「心愛樹」（『中国現代文学15』）がある。

■栗山千香子（くりやま　ちかこ）
翻訳に、史鉄生『記憶と印象』（平凡社）、北島「廃墟」（『紙の上の月』ＪＩＣＣ出版局）、徐坤「屁主《へなぬし》」（『現代中国女性文学傑作選2』鼎書房）、遅子建「年越し風呂」、述平「キープ・クール」（以上、『季刊中国現代小説』蒼蒼社）、蔣韻「心愛樹」、翟永明「十四首の素歌」、王小妮「蓮沼鬼月光」、西川「書籍」、于堅「尚義街六番地」（以上、『中国現代文学』ひつじ書房）等がある。

# 最後の道士

鄭 小驢

鷲巣 益美訳

原題　〈最後一箇道士〉

初出　《山東文学》2013年第7期

テクスト　同上

作者　【てい しょうろ　Zheng Xiaolü】

1986年湖南省隆回生まれ

山の住民の最後の一軒が牯嶺《クーリン》を離れたのは、すでに二、三年も前のことになる。以前はまだ不揃いな石をざっと敷き詰めた小道があり、羊の腸のようにくねっていたので、緑したたる切り立った崖の縁の道をしがみつくように上がっていくと目が回るようだった。通る人が少ないため日に日に荒れ果て、何年もしないうちに雑草に呑み込まれてしまったのだ。石門《シーメン》から牯嶺まで、このような細い道をたどってしばらく登らねばならない。たいていは一度登っていくと全身汗だくになり、膝ががくがくした。身を切るような冷たい山風が吹けば、ため息をつかぬ者はなかった。その落ちぶれた小さな廟《びょう》は蛇神廟《シャーシェン》といい、聞くところによればだいぶ長い年月が経っているということだが、具体的には何年なのか、詳しく言える者はいなかった。山頂から目と鼻の先の場所にあり、文化大革命前はまだ出家する人もいたが、その後世の中が無秩序になると、還俗する者は還俗し、家に戻る者は家に戻り、廟の中は滅茶苦茶に壊され、それ以降は寂れてしまった。そこは木や竹が生い茂り、井戸があり、両側には青々とした松柏が密生していた。まだら模様になった壁には壊れかかった鐘が掛かっていて、山風が激しいときにはカンカンと鳴り響き、その音は五百メートル先まで聞こえるほどだった。ふだんは鐘の音が聞こえれば、蛇神廟からもう遠くないとわかるのだった。老鉄《ラオティエ》はここに住んでいたのである。

毎年冬は、若い郵便配達人である小楼《シャオロウ》にとって最も腹立たしい時期だった。ほぼ一週間か二週間に一度、牯嶺に行かねばならないからだ。山道は岩だらけで石段だらけだし、脇は底も見えないほどの深い谷だ。自転車などはなから使えず、二本の足だけが頼りだ。山の冬はふもとよりも更に荒々しく厳しくて、訪れるのが早く去るのは遅い。石門の丘陵や原野はそれでも果実が豊かに実る世界だったが、牯嶺はとうに冷たい霜に覆われ、高い所は寒さに耐えきれないほどだった。秋はまだよく、道端ではいつも果物が取れ、野生の栗に柿にキノコ、毎回収穫があった。冬はまるで違う。寒風が吹き荒れ、あらゆる物がもの寂しく、鳥の鳴き声さえ滅多に聞こえない。林の中は恐ろしいほど静かで、自分の息と足音しか聞こえない。たまにパラパラと落ちる松葉が地面を黄金色に覆った。小楼は生まれつき臆病だった。牯嶺の山中には墓地があり、そこに埋葬されているのはうやむやのうちに死んだ人ばかりだった。石門の辺りではよく、ひとりで山道を歩いていて、もしも後ろから誰かが名前を呼んでもけっして振り向くなと言われた。振り向いたら幽霊に取り憑かれてしまう、それは幽霊がおまえを誘いこんでいるのだ。それに加えて、数年前にある荷駄隊が金銀花〔漢方薬の一種〕を積んで山を下りるとき、ちょっとした不注意で人馬もろとも崖を転がり落ち、変わり果てた姿になった。考えるだけでぞっとする。登っていくときはいつも、小楼は全身汗だくになり、山風が吹くと寒くて全身ぶるぶる震えた。彼の心中には口には出せない怒りがあった。あの死に損ないがなぜ一途に牯嶺に留まろうとするのか、ぽつんと建つおんぼろの廟に留まろうとするのかわからなかった。

彼の唯一の楽しみは手紙を書くことらしかった。手紙を届けに登ってくるたび、彼はすでに封をしてある分厚い封筒を小楼に渡し、くれぐれもなくさないよう何度も言い含めた。その手紙は全て甘粛省酒泉に駐屯している子春《ツーチュン》に宛てたものだった。酒泉はどこにあるのだろう？小楼は酒泉が甘粛省にあるということしか知らなかった。老鉄の最後の弟子である子春がまさにそこにいたのだ。だが甘粛省は牯嶺からいったいどれほど遠いのか、小楼にはまるで見当がつかなかった。わが弟子は三日三晩列車に乗ってからバスに乗り換え、ようやく酒泉に着いたのだと老鉄は言った。彼らが駐屯する辺りは荒れた草地と砂漠の只中だった。小楼が最も長い時間列車に乗ったのは四時間だ。考えてみて、小楼はいささか呆然とした。手紙に書いてある、行けども行けども人家のないもの寂しい光景とはいったいどのような風景なのだろう？夜中には狼の群れの遠吠えが聞こえるそうだ。自分たちのところは猪ならたくさんいるが、狼なんかこれまで見たことがない。

その手紙用の縦長のクラフト紙の封筒は、表には濃い赤で目立つように中国人民解放軍某部隊の番号が書いてあった。切手を貼る必要がなく、普通の白い封筒に比べると丈夫そうで、ずっと重そうだった。彼はいつも手紙の山の中から、どれが老鉄宛のものかを一目で見分けることができた。老鉄は手紙を受け取ってもあわてて読んだりせず、新たに書き上げたものを注意深く彼に渡したうえ、いろいろ考えては何やら言い含める。その後慣れてくると、もうあれこれ言う必要もなくなり、彼を竹の腰掛に座らせて雑談や世間話をしたり、陶器の大皿から野生の柿をいくつか取って食べさせたりした。古くておんぼろの廟は恐ろしいほど静かで、遠くの谷川をさらさらと流れ落ちる滝が石を打つ音が聞こえるほどだった。日々はまるで流れる水のようで、こんなふうに過ぎていくのだった。老鉄は古希が近く、頭はつるつるで、顎はとがり、ひどく苦労したような風貌だった。彼は滅多に笑わず、話好きでもなく、人をじっと見つめることがよくあり、することがないときは手相を見てやると言って小楼の左手を出させた。ぼくの運勢はいいんですかね？　よし、八字《パーツー》〔生まれた年月日と時刻を干支で示した八つの文字〕はいいぞ。

老鉄はハハハと笑った。

そのようなとき、小楼はなんだか座り心地が悪く、お尻の下の竹の腰掛が冷たかった。老鉄は一生ここで暮らして仙人になるつもりなのかもしれないと彼は心の中で思った。よその土地ではとうに携帯電話や固定電話を使うようになっているのに、この時代に手紙を手書きするやつがまだいるのか？　山を下りるときに何度も、彼は子春とかいう兵士のせいで思わず悲鳴を上げた。この様子だと、死にぞこないはきっと死ぬまで手紙を書くのをやめるつもりはないのだろう。何度も小楼は、手紙なんか崖から放り投げてしまえと思った。一度だけ、彼はそれを実行したのである。

死にぞこないがその後で小楼に会ったときに最初に言ったのは、わが弟子が私に書いてくれた手紙が誰かに捨てられる夢を見た、ああ……だった。彼は続けて三回ため息をつき、小楼の心をきりきりと締めつけ、言い表せないほど失望していた。その日配達を終えると、小楼の心の中に石ころが詰めこまれたようになり、それは何日もの間取れなかった。目を閉じると、老鉄の悲しげな視線がゆっくりと浮かんでくるのだが、責めても仕方ないと思っているかのようだった。彼はかつて誰かが言うのを聞いたことがある。老鉄という人は法要に通じた人だ、七、八年も前の人々がまだ懐具合がよかった頃は、山を下り葬儀を執り行うこともできた、昔は法要をするだけでいくらか金が貯まったが、今では年をとりもう山を下りることはなかった。昔は石門一帯では水路で亡くなった人も陸路で亡くなった人も、すべての法要は老鉄が引き受けていた。保醮《しょう》・平安醮・竜王醮・南岳醮〔湖南省の民間宗教の祈祷の名称〕を行う、水を供えて占い、厄除けの祈祷をする、何でもできた。この辺りでは老鉄のような人を道士あるいは師匠と呼んだ。道士たちは往々にして道士・僧侶・巫女の三者が一体となったもので、妻帯する者もあれば子をなす者もあり、肉食する者もあり、何でもありでほんとうに楽しく暮らしていた。親が子供を連れてきて弟子入りさせることもあった。つまりは手に職がつき、学びおおせれば家族を養うことができるだろうというわけだ。最も重要なのは、裸足になって畑仕事をする必要がないということだ。一回の法要が済むと、石門辺りの取り決めによれば鶏一羽に魚一尾に豚肉ひとかたまりに米五キロ、それに加えて百十元を手にすることができた。農作業に比べて、当然ながらずいぶん楽だ。外出して知り合いに会えば、師匠と呼ばれるし体面も保てる。だから、ひとりの師匠が一生のうちに弟子を三、四人とるのはごく当たり前のことだった。石門では、弟子入りして技を学ぶのにまるまる三年かかった。一年目は師匠の家で仕事を手伝い下働きをする。二年目は経書を暗誦し師匠が法要に行くのに同行し、助手などを務める。最後の一年は、基本的にはひととおり仕事を任せることができるようになる。そのとき、師匠はほかの道士に来てもらい、さらに弟子の両親を加え、一人前になるための法術を披露する儀式を荘厳かつ盛大に行う。それが済むと、弟子はたいてい師匠のもとを辞し独り立ちすることになる。

老鉄は生涯に三人の弟子を取り、子春は最年少の弟子だった。最年長の弟子は雲口《ユンコウ》の辺りにいた。五十に手が届き、朴訥そうで、法要のやり方が幾分なおざりだった。よそでの評判もいささか悪かった。老鉄の耳にそれが伝わると、彼は心中やや不愉快だった。その後一番目の弟子は子供から道士になることに反対されて鞍替えしたと聞き、老鉄の心はさらに失望した。やはり衣鉢を継ぐ器ではなかったのだ。その一番目の弟子は数年前に、何と衣鉢を継ぎたいと牯嶺に来たことがある。二番目の弟子が広東へ出稼ぎに行き、とうに法要を行っていなかったので、一番目の弟子は老鉄が自分に衣鉢を伝えてくれるものと思っていたのだ。

そのとき子春はまだ来ていなかった。子春が来たその年は、わずか十六歳だった。伯父が連れてきたのだが、子春は背が高くひょろひょろで、名前を聞かれただけで顔を赤らめた。老鉄は内心ちょっと気に入った。彼が若い頃もこんな感じだったのだ。そのときはちょうど春で、牯嶺の谷川の辺りは一面生えたばかりの葦の葉で、様々な草花が満開でどこに行っても良い香りがした。子春は幼い頃に両親を亡くし、伯父の家に身を寄せていた。中学校を卒業すると、どうしても勉強を続けたがらなかった。そのはにかみやの若者は考えていることを少しも打ち明けようとせず、一日中黙りこくり『西遊記』のページをを何度もめくっていた。それは家にあった唯一の本であり、前後の巻はもうなくなっていた。家でひと冬を過ごすと、伯父はついにこらえきれなくなり、広東へ行き石門の他の人たちといっしょに工場で働く気はあるかと尋ねた。子春は拒絶の意を見せるでもなく、眉間に皺を寄せ、仕方ないから受け入れるという様子だった。伯父が問い合わせたところ、工場で働くには満十八歳でなければだめだとわかった。もちろん証明書を偽造することもできたし、他人の身分証明書を借りてもかまわなかった。だが、成人した若者はみな工場へ働きに行こうというのだから、身分証明書などどこで借りられるだろう？　偽造証明書を作るなど言うまでもない、もしもばれたら刑務所送りだと聞き、伯父は驚きで両手が震えた。子春の道は絶たれ、あと二年辛抱するしかないようだった。青年になるのを待って石門の他の若者のように、朝一番の長距離バスに乗り、深圳、鳳凰、東莞*といった土地に向かうのだ。

子春は昼は伯父と畑仕事をした。ヒマなときは相変わらず例のぼろぼろの『西遊記』を広げ、夢中になっている様子だった。伯父も読んだことがあるので、彼とこの本について話すこともあった。孫悟空の話をし、沙悟浄や猪八戒の話をしたが、主なのはやはり彼らが遭遇する八十一の苦難の話をすることだった。子春はずっと心ここにあらずといった様子で、顔色は次第に青白くなっていった。伯父はろくに勉強したこともないが、腹の中にしまってあった警句名言を繰り返し何度も言った。「宝剣は研ぎだすもの」*、「頭を梁から吊るし錐を股に刺す」*、「蛍雪の功」といったものだ。だが子春は、それ以上勉強することはなかった。学校の成績もごく普通だったので、こんなことを言うのはちぐはぐだと伯父自身も思っていた。ある日何となく三蔵法師の話になった。ふたりで三蔵法師の身の上を話し始めると、少年の目に涙が浮かんだようだった。彼はわあっと声を上げて立ち上がり手にしていた本を放りだすと、戸口の方へと飛びだしていった。伯父が何気なくめくってみると、本にはさんであった写真が落ちた。子春と同い年くらいの娘が現れ、えくぼがあってほんとうに美しかった。伯父はそれを見てはっとした。

夜遅くに帰ってくると、子春はひとりで黙ってご飯を掻きこんだ。そして突然、道士に弟子入りしたいと言った。

決めたのか？　これは遊びごとじゃないぞ。伯父はすぐさまそう言った。

*深圳・鳳凰・東莞　深圳と東莞は広東省、鳳凰は湖南省の都市名。

*宝剣は研ぎだすもの　『警世賢文・勤奮篇』からの引用。宝剣が鋭利なのは絶えず研いでいるからだ、の意で、不断の努力が必要なことのたとえ。

*頭を梁から吊るし……　『戦国策・秦第一』からの引用。勉強中に眠らぬための工夫で、苦労して勉強することのたとえ。

うん。

この生業《なりわい》は農作業とは違うが、徹夜してたいへんな思いをすることがあるだろうし、人に白い目で見られたりもする、もっと考えてみろ。

うん。子春が碗と箸を置いたとき、ふだんどおり何が来ても驚かないという様子だった。

伯父は言った。じゃあそうしよう、手に職をつけるのもいい、食いはぐれることはないし、家族を養うのに何の問題もない。

その夜のうちに手土産を整え、翌日早朝には牯嶺に行こうと話を決めた。子春は伯父が荷物をまとめるのを黙って横で見ていたが、しまいには薄暗い十五ワットの電球を見つめたままぼんやりしていた。羽を広げた蛾が休むことなく電球の周りを飛んでいたが、そのうちに無残にも飛び疲れて死んでしまった。伯父が荷物をまとめてしまうと、子春はついでに『西遊記』を入れた。伯父は、そんなものを持っていって何になる、牯嶺の上の方は電気が来ていない、おまえは家にいるようなものだと思っているだろうが、あそこでは師匠の世話をし経を読み祈祷をし、何でも学ばねばならない。ヒマなどあるわけないだろう？

子春は黙って本を取りだした。翌日伯父はかまどの焚口の中に燃え残った本を見つけた。例の『西遊記』で、子春によって焼かれたのだ。

それは彼が取った最も若い弟子だった。ほかのふたりよりも働き者で、口数は少なく、黙って仕事をし、てきぱきしていて、余計なことは言わない。この点は老鉄とすこし似ていた。ほかのふたりのように、仕事をするのにひとつの事をやり終えるたびに決まって得意がったり、鼻にかけたりすることはない。老鉄はそういうのが気に入らなかったのだ。小さな廟には観音様が祀られていたが、金箔はほとんど剥がれ落ちていた。社会情勢がこんなに悪くなる前は、たまに線香を上げに来る者もいたが、その後登ってくる人は次第にいなくなった。この廟は名刹などではなかったし、ふつうの山や土地の神様と大差なく、ご利益があるようにも思えなかった。だから多くの人は石門の近くに新たに建てられた大きな廟の方を選んでお参りに行った。そこはお参りの人で大賑わいだった。旧暦の一日と十五日は老人たちが遠い広東へ出稼ぎに行った子供たちのために線香を上げ幸福を祈り、広東で災難に遭うことなく金運が得られるよう観音様の御加護を祈った。牯嶺は日に日に訪れる人も稀になった。以前はほかの道士が来てしばらく滞在していったが、その後来なくなった。老鉄は独り身で家もなく、何の気懸りもなかったので、思いきってひとりここに留まり、心静かに過ごそうと考えたのだ。この荒廃した小さな廟は人にほぼ忘れられていたので、老鉄が毎年修繕しなければとうに倒壊していただろう。

来客はごく稀なうえ、廟がもともと小さかったので、子春がやらねばならない仕事は多くはなかった。毎朝早く起床し、廟の中も外もひととおり掃き清め、井戸へ何度も水汲みに行って庭の水がめを満杯にし、身を清めてから観音様に線香を上げる。老鉄もその頃にはだいたい起床しているので、子春は洗面用の湯を汲んできて師匠が洗面し口を漱ぐのを手伝う、そうやって一日が始まるのだ。

午前中は対聯《ついれん》〔対句を入り口などの左右に貼ったもの〕や祭文を書き、法要を行うときの様々なお札や願文《がんもん》を書いた。午後には『真武妙懺《しんぶみょうさん》』、『南岳真経《なんがくしんきょう》』、『北斗経《ほくときょう》』、『虫蝗懺《ちゅうこうさん》』、『慈悲血湖宝懺《じひけっこほうさん》』といった経典を書き写した。老鉄がこんなふうに手づから書き写した経典が何箱かあった。それはみな彼が最も大事にしていた衣鉢であり、伝える相手が必要だった。何代も前の師匠から伝えられてきたものもあり、当然貴重なものだった。この辺りでは道士と呼んでいるが、仏事も道教の法要も巫術も、ひとつたりとて欠けてはならず、三方面に同時に配慮していた。法要を行うときは仏式、死者の霊を済度するには道教寺院を選び、願掛けや占いは巫術の役目だった。修得するには、吹く・弾く・歌う・書く、全てに通じひとつたりとて欠けてはならなかった。仕事が軌道に乗った道士は臨機応変に、どんな場合にも対処することができ、ひとりでも法要を取り仕切ることができた。それはほんとうに能力が要ることだった。二日三夜にわたる法要に、わずかな休みもない。以前の願文は一字一句全て毛筆で書かねばならなかったが、今の石門の辺りでは印刷屋に行きパソコンで印刷するのが流行っていた。だが老鉄は違った。彼はそういった怠惰な行為が気に入らなかった。どうするべきなのかといえば、やはり古いきまりによって行わねばならないのだ。老鉄はそれを重んじ、印刷したものを軽蔑した。彼が仕切る地域では全て、死者には仏教や道教で法要を行い、土地のお祓いの類は道教の加持祈祷を行い、災難や病に見舞われたりいざこざがあったりした家では先祖の霊を呼び寄せ菩薩を拝み女神に祈り、疫病神を追い払う法要を行った。きちんとできないものはひとつもなかった。

　自ら鶏やアヒルを飼い、ずいぶん前に荒れ地を開墾した場所でサツマイモやトウモロコシを育て、果実も野菜も多すぎてふたりでは食べきれなかった。子春は月に一度山を下り、日常生活に必要な物を買ってきた。早朝に下山し、夕方に夕陽の影を踏みながら重い荷物を背負って帰ってくる。彼はあまり喋らず、老鉄に言いつけられた物を買い、一銭たりとて無駄遣いしなかった。手習いをすれば下手なのが気に入らない、経典を暗誦すればうろ覚えなのが気に入らないと老鉄に叱られることもあった。若者は顔も耳も真っ赤になり、きょときょとし、何をどうやってもダメな気がした。老鉄は自分の若かりし頃を思い出した。彼は幼くして両親を亡くし、師匠に育てられた。叱られるときはいつもこんなふうだった。ふとした瞬間に自分の当時の姿が垣間見えることがよくあった。その姿を老鉄はいとおしいとさえ思った。子春は叱られても根にもつことがないらしく、しばらくするといつもどおり礼儀正しい態度になった。毎月旧暦の一日と十五日と観音様の誕生日には生臭物は食べず経を読むが、そのほかの日はふつうに過ごした。酒も飲んだ。生臭物も食べた。毎月鶏やアヒルをつぶし、師と弟子のふたりで御馳走にありついた。酒も飲んだ。石門の辺りで人が作った自家製の米酒《ミーチウ》で、子春は毎月ペットボトルを何本もぶら下げて帰ってきた。老鉄は食事のたびに半合ばかり飲み干した。子春は最初一滴も飲まずにいたら老鉄に言われた。おまえはもう男だろう、酒が飲めなくてどうする！　嫁をもらっても舅に家に入れてもらえないぞ。師匠が碗に酒を注いでくれたので飲んだら、意外なことに顔は赤くならず、廟の入り口に座り遠くの方の夕暮れの山並みがぼやけていくのをぼんやりと眺めているだけだった。松風がそよぎ、蝉の鳴き声が降り注いだ。そのときは子春が来てすでに一年余りになっていた。牯嶺は方数百キロの内で最も地勢が高く、よく晴れていれば百数キロメートル先の街を望むことができた。幾重にも曲がりくねった大河は大蛇が空の果てに潜伏していくようで、夕やみに溶け込みゆっくりと見えなくなっていった。老鉄が近づいてきたとき、子春はちょうど空の果てを眺めつつしきりに涙を流していたが、老鉄を見るとあわてて涙をぬぐった。そして老鉄に尋ねた。師匠、人は死んだらほんとうに天に昇れるかな？　老鉄はあっけにとられ、バカなことを言うなと言った。子春はさらに言った。死んだ後も生きていた頃のことを覚えているんだろうな、覚えているならいいんだ！　彼女がもしもぼくのことをまだ覚えていたら、ぼくが向こうに行ってもまた会える。それならいいんだ！　老鉄は顔を曇らせて言った。バカなことばかり言うんじゃない！　子春はきまり悪そうに笑った。

その後子春は食事のたびに老鉄のお相伴にあずかり酒を飲んだが、酔っぱらいはしなかった。廟には電気が引かれていなかったので、暗くなるとランプを灯し早いうちに寝なければならなかった。子春は自分が持ってきた布団を窓際の竹のベッドに敷いて寝た。その竹のベッドは寝返りを打つとギシギシ鳴った。若者はなかなか寝付けないらしく、何度もごろごろと寝返りを打っていたが、しばらくするとようやく寝入った。

その日は良く晴れていたので、老鉄は布団を洗うよう子春に言いつけた。薄い黄土色のシーツは竹竿に干してあった。昼頃、太陽が真南に来たとき、老鉄はシーツを裏返しに来て、ぽつぽつと茶色っぽいシミがあるのにふと気付いた。どれも鶏卵ほどの大きさだった。その怪しいシミに、老鉄は心臓が波打った。老鉄は何といっても経験のある人だから、それが何なのか知っていた。彼が黙ってシーツを裏返したら、子春が顔を真っ赤にして近づき後を引き継いだ。彼はもう自分の仕事をやり終えていたのだ。自分がこれくらいの年の頃にはもう仲人をしてくれる人がいたなあと老鉄は思った。

老鉄もあの写真を見つけた。『真武妙讖』の写本にはさまっていたのだ。もしもその日に偶然めくらなければ、彼は永遠に知らなかったかもしれない。写真の娘は長い髪が美しく、すがすがしくて、端正で美しかった。彼は冗談めかして子春に尋ねた。この写真の娘はおまえのガールフレンドかい。子春はあわてて何か言おうとしてやめ、もごもごと言葉をにごしてごまかした。老鉄はその意味を察して笑い、それ以上追及しなかった。彼は言った。結婚するときには師匠を呼んで祝い酒を飲ませるのを忘れないでくれよ。子春はどぎまぎして顔がさっと真っ赤になった。その表情は一瞬のうちにくるくると変わり、気が咎め落ち着かないようだった。

子春の理解力は高く、前のふたりの弟子と比べると優劣は明らかだった。読経、心法、護符、奉納の舞い、一年もしないうちに子春はもう様になっていた。青は藍より出でて藍より青しだったとはな、と老鉄は思った。これは一種の天分であり、習うだけで身につくものではない。肝心なのはやはり理解力だ。読経や心法は、前のふたりの弟子にはまだ伝えていないものもあった。彼らの規定によれば身内には伝えるが外部には伝えず、男にしか伝えないから、ふつうは部外者にはその本質をうかがい知ることはできなかった。だが子春は違った。老鉄はほんの少しも余すことなく、ほぼ全てを伝えきった。子春だけがその素晴らしさを理解できるのだと彼にはわかっていた。子春には衣鉢を継ぐ資質があった。だから、ふだん老鉄は子春に接するとき、幾分厳しくもなった。書き写した『元皇讖《げんのうさん》』を子春に何としても暗記するよう言うと、数か月後、子春は果たしてすらすらと暗誦できた。彼はあれこれ手を尽くし自分が会得したことを彼に伝授した。若者には理解力があったが、全力をそこに注いでいたとは限らない。毎月山を下りるその日の前日は、いささか興奮を隠しきれなかった。下山は子春が最も楽しみにしていることで、彼はまるで抑えの効かないバネのようだった。

老鉄が最も心配していたことがやはりやって来た。指折り数えてみれば、それは子春が牯嶺に登って間もなく二年というときだった。その日は早朝に下山したが、ふだんと何の変わりもなく黙礼し、大きな袋を背負って出かけた。夕方になっても彼は姿を見せなかった。老鉄は待ち焦がれ、若い者はきっと遊びに夢中になっているのだと思い山門を閉めた。翌日、子春は依然として帰ってこなかった。老鉄はいささか落ち着かなくなった。子春のここ数日の変化を思い出すと、毎晩床を蹴り、夢の中で必死にもがき、なんだか苛立っていたようだ。早朝起床したあとに何度か尋ねると、子春は夢のことは全然覚えていないと言った。子供の心の中はきっと心配事でいっぱいで、昼間考えたことが夜になって夢に出たのだろう。彼は不意に写真のあの娘を思いだしたが、経典にはさまれていた写真はもう見当たらなかった。老鉄は答えがわかったかのように、四日目になると一度下山する決心をした。

伯父も驚き、その日は午後にはもう帰ったと言った。ふたりはしばらく当たりをつけようとしたが、彼がどこに行ったのかわからなかった。それで写真の話になった。写真の娘に会いに行ったのだろうか？　伯父は疑わしそうに老鉄の話を最後まで聞くと、声をひそめて言った。

あなたが言うその娘は——その娘は喜喜《シーシー》というのですが、去年川に身を投げて死にました。老鉄は間違えているかもしれないと思い、さらに詳しく絵に描いたが、伯父は手を振り彼の話をさえぎった。その髪の長い娘は笑うとえくぼができるんですよ！　老鉄は口をつぐみ、しばらくしてからやっとのことで言った。若いのにどうしてそこまで思いつめたのだろう？

伯父は言った。川から引きあげたとき、身籠って三、四か月だとようやくわかったんです。きまりが悪いし家族に気づかれるのを恐れたのでしょう。十三か十四の娘でまだ中学も卒業していなかったんです。噂が広まったら人に合わせる顔がないでしょう！

老鉄の心は何層もの靄《もや》に埋めつくされたかのようだった。その日は山に登り、月が昇る頃にようやく廟に着いた。歩みは遅く、心配事があるので足取りは重かった。自分はやはり年をとったのだと思った。ほんとうに年をとった。あの月の光は若い頃と何の違いもなく、曇り晴れ満ち欠けを永遠に繰り返す。ところが人はすでに黄昏に近づき、心の中を一陣の悲哀が通り過ぎる。

廟に明かりをともすと、子春がいつの間にか帰ってきていた。師匠に叱られるのが怖くて、落ち着きのない表情をしていた。老鉄は彼を叱らず、淡々と言った。どこに行ってたんだ？

子春はしばらく口をもごもごさせ、市《いち》に行ったと言った。

老鉄は驚いてまぶたを上げ、腹が減ったぞと言った。子春は慌てて彼のために食事を運び茶を淹れた。老鉄は何口か食べると、手を止めて言った。そこへ何をしに行ったんだ？

師匠……考えて決めたんだ、兵隊になりたい……子春はそう言った。

兵隊になる？　それは老鉄には全く思いもよらぬことだった。おまえは道士になるんだ、兵隊になるだと？

申し込みをして健康診断を受けたら、合格したんだ。

老鉄と子春はそれ以上喋らなかった。ほの暗い明りの下、細い煙がランプから立ち昇り、梁の上へと昇っていくのが見えるだけだった。老鉄は子春をじっと見た。若者は気恥ずかしそうに、深くうなだれていた。まばたきするたびに大豆ほどの大粒の涙が靴の上に落ちた。老鉄は箸をそっと碗の上に置いた。彼は子春と落ち着いて穏やかに話すことにした。

なぜ兵隊になりたいんだ？

ぼくの友達が言ってたんだ、兵隊になってから帰ってくると仕事を見つけやすい、そこでは勉強もできるし運転免許も取れる、帰ってくれば行き先の心配をしなくていい。友達の兄さんは兵隊になって、今は深圳あたりで警備隊の隊長になってるんだ。

老鉄は理解したようだったが、彼の心の中に悲哀が沁みわたった。彼は言った。道士になっても手に職はつく。おまえが食いはぐれることはないぞ、この世の中では毎日人が亡くなるし

——


子春は頑としてそこに立ったまま、余計なことを言おうとしなかった。

老鉄は深くため息をついて言った。どこへ行って兵隊になるんだ、どのくらい行くつもりなんだ？

二年か三年、西北に行くんだって。

では道士の方はどうするつもり……

師匠、帰ってくるまで待ってよ、除隊したら帰ってきて残りの一年を最後までやる、きっと帰ってくるから。

老鉄は目を閉じ、椅子にもたれかかり、疲れを感じていた。疲労困憊だ。このとき彼は何も考えたくなかった、ただこうやってしばらく横になりたかった。

事はこうして決まった。伯父がわざわざやって来て謝罪したうえ、子春は除隊したら帰ってきます、きっとまた来ますと何度も言った。子春は師匠を見て、鼻がツンとした。老鉄は言った。わかった、兵隊になるのはいい、なんといっても光栄なことだ、祝うべきことだ。子春はすぐさま荷物をまとめ、別れを告げ山を下りていった。彼らが行ってしまってから、老鉄はずいぶん長いこと心にぽっかり穴が空いたような気がした。子春がいなくなって、小さな廟はさらに寂しくなり、何もない谷に松風のざわめきが波のように押し寄せた。何日か経って、子春がまたやって来た。武装部が彼の書類を調べ、道教を学んでいたことを見つけたのだという。封建的な迷信なので、必死になって頼みこまなければ危うく入隊を取り消されるところだった。自分はもう道教を学ばず、道士とはきっぱり一線を画すという証明書を出せと向こうが要求しているのだという。

その証明は老鉄に署名してもらわねばならなかった。老鉄は手が震え、どうしようもなくて何度も筆を落とした。山風が吹いてきて、庭の樫の枯れ葉が何枚か揺すり落とされ、くるくると地面に舞い落ちた。老鉄は言った。葉っぱを何枚か拾いに行ってこい。子春はすぐに行き、戻ってきたときには老鉄はもう署名を済ませていた。疲れたような表情で、一気にいくつも年をとったかのようだった。

師匠、ぼくきっとまた戻ってくるから、安心して！

老鉄は口もとをかすかに動かして微笑みながら言った。若者は道が広い、どう歩くにせよ段取りというものがあるからな。

その晩ふたりは夜通し語り合い、気の向くままにあれこれ話した。淡い月の光が網戸から射しこんできて、まるで柔らかな白い紗のようだった。しだいに写真の話になった。あの娘のことは知っているぞと老鉄が言った。子春はそこに座ったまましばらく何も言わなかった。聞いているのか？　と老鉄が言った。うん、聞いてるよと子春は言った。その辺りからはかすかにすすり泣く声が聞こえてくるだけだった。老鉄はそれ以上尋ねるに忍びなくなった。しばらくすると、子春は小声で言った。ぼくは毎日あの子の夢を見るんだ、この二年間、ぼくはずっとあの子のためにお経を上げてきた……悪かったなと思って……老鉄はしばらく黙りこみ、じっと考えてから、生きとし生けるものはみな妄執によって生きるのだと言った。窓の外の月は銀の盆のように松柏の上に掛かっていた。窓の外はひっそりと静まり返り、すでに万物がすっかり静まりかえる頃になっていた。

翌日早朝、子春が起きると師匠の姿はなかった。卓上には師匠が彼に残した書き付けがあった。毛筆の楷書の小さな文字で、詩が一首きちんと書かれていた。＊

諸相はみな相に非ずと知るといえども、若し無餘に住すれば却って餘あり。言下に言を忘るれば一時に了《おわ》り、夢中に夢を説かば両《ふた》つながら虚を重ぬ。空花《くうげ》豈《あ》に兼ねて果を求むるを得ん、

＊詩が一首……
白居易（七七二～八四六、中唐の詩人）の詩『禅経を読む』。万物の姿形はすべてみな真正な姿かたちではないと知ったとしても、もし無余の涅槃に止まれば、逆によけいな余りが出てくる。会話の内に悟ればあっという間に結末がつくが、夢の中で夢を説くようでは虚言を重ねるようなもの。幻の花にどうしてその実りを求められよう。陽炎の中に魚が見つかるはずもない。動きを収斂させるのが禅であり、また禅とは動に他ならない。静でもなく動でもない、それでこそ自由自在の境地たるもの。（『白氏文集　十二』新釈漢文大系　明治書院より）

陽焔《ようえん》如何ぞ更に魚を覓《もと》めんや。動を摂《おさ》むるは是れ禅　禅は是れ動、不禅不動は即ち如如《にょにょ》。

書き付けの下には数百元の金が置いてあった。彼は小さな廟の周りで師匠を探しまわったが、影一つなかった。朝露は重く、餌をついばむ小鳥が林の中でチーチーと鳴いていて、その声は心地よかった。何もない谷間に彼の呼び声が響きわたった。師匠にはきっと聞こえたはずなのに返事はなかった。子春は師匠が自分を避けているのだとわかり、ひとりで山を下りていった。

ひと月後、甘粛省酒泉から一通の手紙が来た。老鉄は見るなり子春からだとわかった。手紙の中には彼が兵営で撮った写真が一枚添えられていた。カーキ色の軍装に身を包んだ子春はずいぶん男前でスマートに見えた。布団は豆腐のように真四角に畳んであった。兵営はやはり違うんだな、と老鉄は思った。子春は手紙で、彼らの部隊がいる所は、昔のシルクロードで必ず通らねばならないところにあると知らせた。彼は老鉄に現代の西域の景観を伝えてくれた。王維の詩「大漠孤煙直《たいばくこえんなほ》く、長河落日円《ちょうがらくじつまど》かなり」＊のような趣がある。この辺りは荒れ地と砂漠がほとんどで、辺り一面ラクダソウやハネガヤや羊の糞ばかりの黄土色の荒れ地だ。紫外線が強烈で、地表温度は鶏の卵を蒸し上げることができるほどだ、でも暑さは感じない、汗をかいてもすぐに蒸発してしまう。ここはほとんど人が住んでおらず、風が猛烈な勢いで吹き、鶏卵ほどの大きさの石が宙に舞い上がる。空気が乾燥しているため、来たばかりの頃はしょっちゅう鼻血が出たが、今はよくなった。ここがかつて漢の名将霍去病《かくきょへい》〔紀元前一四〇？～一一七、前漢・武帝時代の武将〕が駐屯していた場所だということももちろん忘れてはいない、等々。

＊大漠孤煙直く……　王維（七〇一～七六一、盛唐の詩人・画家）の詩『使して塞上に至る』の一部。引用個所の意味は：広大な砂漠に一筋ののろしが真っすぐに上がり、果て無く続く河に沈みゆく夕日はまどか。（『王維・孟浩然』新釈漢文大系　明治書院）

文字はペンで書かれていたが、老鉄が返信してやるのに使ったのは毛筆だった。

二通目は来るのがちょっと遅かった。子春は手紙の中でこう謝罪した。新参兵としての三か月はたいへんだ、しょっちゅう夜中に出発し砂漠の中で野営訓練や急行軍を行いとても疲れる、だからすぐに返事を出せなかった。手紙はとても長く、部隊に来てから自分はずいぶん変わった、鍛えられたという。西北のマントウ〔中国風蒸しパン〕は大きくて初めて見たときは冗談かと思った。こんなに大きなマントウを一度に何個も食べられる人がいるなんて思いもしなかった。老鉄は漠北〔蒙古高原の砂漠地帯以北〕の風景を想像し、子春がマントウをつかんでいる姿を想像した。三か月の新兵生活はあっという間に終わり、子春が物珍しがることもいくらか減った。この辺りは荒涼としていて、駐屯している所から数百キロメートル先まで茫々たる荒れ地で、果てが見えないほどだ。真っ黒い砂礫《されき》は何日も風に吹かれ日に晒されて、蝉の羽ほどに薄いものもある。歩哨に立つとき、子春は電柱を数える。目の前から向こうへと数え、見えなくなるまで数えるとそこでやめて、また戻ってくる。老鉄は手紙の中から子春の焦りを読み取り、返事で「安心安処《あんしんあんしょ》これ吾が郷なり」〔安心していられる処が自分のふるさとだ、の意〕*となぐさめた。子春はその後もう異郷での寂しさに愚痴をこぼさなくなった。彼は連隊での将棋大会に参加し、二等賞を取った。彼と一等賞を取った者とはなかなか決着がつかなかった。午後から夜までかかっても勝負がつかず、最後は子春がわざと負けた。ギターを習っている最中で、もう簡単な曲をいくつか弾けるようになったとも言った。その後予想どおり、子春がベッドの縁《へり》に座りギターを抱えている写真を見た。両手を使って弦を弾《はじ》いているらしい……老鉄はこういった

＊安心安居…蘇軾（一〇三六〜一一〇一、北宋の詩人・文章家）の詞『定風波・常羨人間琢玉郎』の一文をもじったものか？　正しくは〝此心安居〟である。

写真を一枚一枚額縁に入れた。その古い額縁はもともと古い白黒写真が何枚か入っていたが、子春のカラー写真が新たに加わると枯れ木に花が咲いたようで、にわかに生き生きしてきた。

部隊には自動車教習所があり、運転を習っている最中でもうじき試験に受かる、そうすれば車を運転できるようになる。子春はどんな所へ行ったのか、全て手紙で伝えた。武威《ぶい》、張掖《ちょうえき》、嘉峪関《かよくかん》、祁連山《きれんざん》……ふたりは万里を隔てていたが、古典の香りがするこういったよく知らない地名に、子春のペンで描写されると意外にも興味がわいてきた。子春はこの辺りの果物、特にハミ瓜が甘いと言った。距離がこんなに遠くなければいくつか送ってあげるのに。ハミ瓜は受け取らなかったが子春の気持ちは届き、老鉄はまるでほんとうに味わったかのように満足した。ただふたりは道士になることを二度と話題にしなかった。子春は言わなかったし、老鉄も触れなかった。わりあい長い期間、老鉄は子春の手紙を受け取らないことがあった。おそらく二、三か月の間、老鉄はずっと待っていたが、小楼の影すらなかった。そこで老鉄はまた道教の道具を引っぱりだした。例の四つの大きな木箱には法要の道具や経書がぎっしり詰まっていた。中には道士の装束があり、何代もの師匠が伝えてきた功徳図があり、木魚があり、八卦があり、魔除けの法剣があり、銅鑼に太鼓、銅鈸《どうばち》などがあった。老鉄はそういったものをちりひとつないよう拭いきちんとしまってあった。それは彼の一生で最も大切な宝物だった。一番目の弟子が以前何度か来たことがあるが、死んだら伝えてやるとは言わなかった。一番目の弟子はやはり凡庸な人間だ、衣鉢をどうして彼に伝授してやれるだろう。その年の秋から冬にかけての時期のこと、老鉄は早朝起床して桶から甕に水を空けたとき、突然足の力が抜け、桶もろとも地面に倒れこみ、しばらく起きあがれなかった。体のそばでは疲れを知らぬ小鳥がチーチーと鳴いていた。老鉄はしばらくの間ぽつねんと座っていたが、ようやくゆっくり起きあがり、濡れた服を着替え、ズキズキ痛むのをぼんやり感じていた。

子春の手紙は来ず、伯父の方がやって来た。老鉄の体の具合がいささか悪いのを見て、山を下りてしばらく過ごすよう言った。老鉄は最初は承知しなかったが、伯父は有無を言わせず、午後には山を下り運び手を何人か呼んできて、竹の長椅子に乗せて運びおろした。老鉄はそこに座ると、思わず四つの古いものを打破していた時期*を思いだした。石門では彼を批判闘争し、封建の残存勢力だといって、寺を開け法要を行うことを禁じ、彼を豚を運ぶ台に乗せて無理矢理山から担ぎおろした。そのとき彼はまだ若く、年齢など感じなかった。平手打ちを何発か喰らってふらふらしても、持ちこたえた。ただ、時の経つのがこんなに速く、再び担ぎおろされるときにはすでに年老いて目がかすみ、倒れる寸前になっているとは思いもしなかった。子春はいつになったら帰ってくるのか、一目会うことができるのだろうか、と彼はすこし心配だった。

伯父は彼のために石門でいちばん腕利きの漢方医に来てもらい、ちゃんと休養を取るよう言い含め、老いたメンドリのスープを作って飲ませた。老鉄は数日滞在すると、足にまた力が入るようになったらしく、どうにか歩けるようになった。そして子春の消息を尋ねると、子春は年末の帰省休暇に帰ってくる予定だったのに、今度もまた考えを変えるとは思いもしなかったと伯父が言った。老鉄は大丈夫、大丈夫だよ、二、三年なんてあっという間に過ぎる……と言

*四つの…文化大革命の初期、古い思想・文化・風俗・習慣の四つの古いもの（原文は「四旧」）を全て否定する運動が行われた。

いつつ、内心やはりちょっと残念で、子春はもうずいぶん長いこと手紙をくれないと冷ややかに言った。

子春が問題を起こしたその日、老鉄はちょうど枯嶺に戻ったところだった。伯父は行くなと言ったが、老鉄はどうしても行くのだと言い張った。彼はおそらく自分に残された時間は多くないとわかっていたのだろう、どうなだめても枯嶺に行かねばと言った。伯父はやむなく彼をまた運びあげてもらった。

子春たちの部隊は酒泉に駐屯していて、兵士と現地の女性との恋愛を禁じることが明文化されていた。十八歳の子春はその日車を運転して公務で町に行き、帰る頃にはもう日が暮れていた。駐屯地まであと二キロというところで車があいにくエンストし、どうしてもエンジンがかからなかった。そこは信号機もなく、人も滅多に通らず、神にも仏にも助けてはもらえないという状況になってしまった。子春は汗だくになって車の下にもぐりこんであちこちいじり、しばらくあれこれやってみたが反応はなかった。夕焼けが空をほぼ覆いつくし、一面もの寂しかった。見る間に空が暗くなってきたので同行した分隊長は、駐屯地へ助けを呼びに行くからまずはここで待つよう言った。子春はひとりでしばらく文句を言っていたが、いったいどこが故障したのかわからなかった。彼は気落ちしてタイヤにもたれかかり、分隊長の影が果てしない原野の中でしだいにひとつの小さな黒点になっていくのを見ていた。その頃、荒れ地には狼がいて、もっぱら家畜と人を襲うと誰かが言うのを彼はたまに耳にした。ある牧畜民はひと冬のうちに羊を五、六頭狼に咬み殺され、すんでのところで人も怪我をするところだった。子春は果てしない砂漠を眺めているうちに誰からも見捨てられたような感覚になり、内心ぞっとして車の中にもぐりこもうとした。その娘はちょうどそのとき不意に現れた。子春は、それが近くの牧畜民馬天笑《マー・ティエンシャオ》の娘・馬藍《マー・ラン》だとわかった。以前に見かけたことがあったのだ。駐屯地が羊肉を買うのは、いつも馬天笑の家だった。彼は三輪自転車に乗って配達に来たが、娘がついてくることもあった。顔は卵型で髪は長く、目鼻立ちはまるで絵に描いたようで、彫りが深く美しかった。南方辺りのように垢抜けてはいないが、端正で上品な美しさがあった。子春は最初に彼女に会ったときすぐに覚えたが、ずっとどこかですでに会ったことがあるような気がしていた。いったいどこだったのだろう？　子春は幾晩も、眠れなくて何度も寝返りを打った。そしてついに、ずいぶん前に村の野外映画*で見た『芙蓉鎮』*がぱっとひらめいた。そのヒロインが彼女にそっくりだったのだ。

　彼女はちょうど放牧から帰ってきて、羊たちを追いながらエンストした車のところを通りかかり、彼を見かけて驚いたようにじっと見ていた。羊たちはゆっくりと車の横を通り過ぎ、すれ違うちょうどその瞬間、彼女の視線が地面の上の工具箱に落ちるのを子春は見た。彼女は振り返って彼を見た。車が壊れたの？

　これが彼が初めて聞いた彼女の言葉だったが、こんなに澄んできれいな声だとは思いもよらなかった。十八歳の子春が緊張して彼女をちらっと見ると、彼女の顔にはほんのかすかに微笑みが浮かんでいた。ひどい目に遭って途方に暮れた彼の表情に、心を動かされたのかもしれない。彼は彼女に向かってうなずき、無邪気に笑った。

＊野外映画　夜になってから、広場に白い幕を張り上演される映画。

＊芙蓉鎮　一九八七年の中国映画。監督・謝晋、原作・古華、出演者に劉暁慶・姜文など。

修理できなくなったの？　彼女は羊を大声で呼び止め、もの珍しそうに車を見ていた。彼はちょっときまり悪そうにうなずいた。

何の故障？　彼女は顔を上げて彼をじっと見つめた。

わからないんだ。彼はたしかにどうすることもできなかった。

じゃあどうしましょう？　そうだ、むこうに車を修理できる人がいる、彼は長距離バスを運転していたことがあるの、呼んできて見てもらいましょうか？

遠いの？

遠くないわ、すぐ戻ってくるから待っててて！

彼には自分がなぜそのとき戦友が助けを呼びに行ったことを彼女に伝えなかったのかわからない。彼は彼女への予想のつかない期待でいっぱいになった。彼女の姿は夕闇の中で次第に遠くなり、まるで月下美人のようだった。子春はぼんやり運転席に座ったまま、ついさっきのが夢だったような気がした。

少女は果たしてすぐに戻ってきた。彼女の後ろから髭面の大男がついてきた。男は適当に挨拶をすると、しばらくガンガン叩いていたが、そのうち車は電気が通じたかのように、またたく間に爽快な音を出した。

よし！　髭面は口から短く一言吐き出した。髭面がこんなにはやく車を修理してしまうとは子春には思いもよらなかった。礼を言おうとしたら、髭男は両手をこすり合わせ、口の中でもごもご言ったが、聴き取れぬうちに振り向きもせず行ってしまった。少女は男の後にぴったったりつき、彼に向かって手を振った。まさにそのとき、空の果ての最後の夕暮れの光がちょうど彼女の横顔を照らすのが見えた。金色の光が限りない優しさを煌《きら》めかせていた。彼の心は急に激しく何度も波打った。駐屯地に戻る途中、優しさと輝きを放つ顔がずっと頭の中に浮かんでいた。

一週間後、子春はまた馬藍にばったり会った。今回はちょっぴり勇気があったので、思いきって彼女に礼を言った。ふたりは年が近かったので、すぐにお喋りを始めた。彼は話したいことが山ほどあるような気がしたが、口を開けた瞬間に引っこんでしまった。彼女はそれがわかったらしく、顔を傾け微笑んで、緊張をほぐすように話しかけた。子春はドキドキしながら、自分の心配事を話した。彼の心配事は長年積み重なった雨雲のようだったが、彼女の前ですっかり晴れてしまった。駐屯地に戻った日、彼は楽しくて、これが愛情なのだと思った。自分が心惹かれている娘に自分の最も個人的な心配事をたくさん話し、しかも娘も親身になってくれたようで、古い友人のように親しげだったからだ。彼のそれまでの恥じらいと罪悪感は、馬藍と知り合ってから奇跡のように消え失せた。しかし休暇の前夜になるたび、彼の心はするどい爪で引っかかれたようにやりきれなかった。馬藍に会いに行きたくてならないのに、ちょうどいい口実が見つからないのだ。いい加減なのもあれば、とても言えないようなものもあった。柔らかい綿花のような雲がぱらぱらと青い大空に広がり、広大な黄土色の荒れ地と相まって、まるで時間が足踏みしたまま固まったかのようだった。ある時期、彼はひとりぽつんと歩哨に立ち、間もなく用済みとなる空っぽの倉庫を見張っていた。中の物資はほぼよそに預け替えられ、大きな抜け殻だけが残っていた。交代が来ることもあったし、夜中に番をすることもあった。彼は、近くの住民が牛や羊を牽いてきてここを家畜小屋にすることがないよう見張っていさえすればよかった。このような任務は極めて退屈で、多くの人は耐えきれずにあれこれ方法を考えては役目を代えてもらったが、子春だけは引き続き残っていた。しかも自ら願いでたのであり、いつの間にか彼はこういう孤独が好きになっていた。歩哨所は倉庫の東北の隅のいちばん高いところの小部屋の中にあった。中には簡易ベッドがあり、食べるのも眠るのも全てこの五平米足らずの小部屋の中だった。毎日歩哨所のガラス窓越しに、馬藍がゆっくりと自分の家の羊の群れを放牧地へと追っていくのが彼には見えた。暗くなるまで羊を追うと、こんどはゆっくりと羊を追い帰ってくる。彼はちょうど彼女より高いところにいたので、目を凝らして遠目に見ていることができた。だが子春は彼女と話すことはなかった。あるとき彼女は好奇心からか顔を上げて上を見たが、彼は急いで横を向いたので、彼女に見えたかどうかはわからなかった。彼はこういう感覚をじゅうぶん楽しんだ。彼女の一挙一動全てが彼の目の前に収まり、一目で見渡せる。そのとき彼は自分は神だと思った。

神はその日の夕方、許しがたく激しい怒りさえこみあげるようなことを目にした。彼はスイカ型の帽子をかぶったひとりの男が、まとわりつくようにずっと馬藍の後についてくるのを目にした。馬藍は容赦なく手を振り回し、まといついてくる手を力いっぱい振り払った。その手は素早くまた貼りついてきた。馬藍は振り向きざまにその人にビンタを喰らわせた。その人も怒ったらしく、すぐにやり返した。やり返したばかりでなく勢いにまかせて彼女に抱きつき、彼女を地面に押し付け……

子春はほぼ何も考えないうちに、熱い血が一気に脳天を衝いた。彼はあっという間に歩哨所から飛び降りてきて、百メートルを全力疾走してその人の後ろまで行き、襟首をつかんでこぶしを振りあげた。そこでようやくあの髭男だとわかった。考える間もなく、髭男は怒ってこの招かれざる客をにらみつけ、シュッと子春に殴りかかってきた。ふたりは地面で取っ組み合いになり、しばらく殴り合っても決着がつかなかった。そばに立っていた馬藍はあっけにとられ、やめて、もうやめて！　と何度も叫んだ。ふたりは彼女の説得にも聞く耳をもたず、しばらくの間蹴ったり殴ったりで顔が血だらけになった。髭男がこんなに屈強だとは子春は思いもしなかった。もしも部隊で訓練したことがなければ、まるで男の相手にはならなかっただろう。しまいにはふたりともぜいぜい言いながら離れ、地面にしりもちをつき、互いに見つめ合い、大きく口を開けて荒い息を吐いた。

最終的には交代に来た仲間が彼らを引き離した。

このことは部隊で大きな騒ぎを引き起こした。彼が殴ったのは馬藍の婚約者だったからだ。子春はまたもやひどく気落ちした。言いわけする気にさえなれかった。外では誰かが、女をめぐって争ったのだと触れ回った。彼は弁解することなく、気分はどん底まで落ちこんだ。連隊はその後わざわざお膳立てをし、子春に謝罪するよう言った。子春は強情で、頑として応じなかった。上司はいささか憤慨し、人を殴っておきながら筋が通らないだろう？　と言った。子春は、あいつが彼女に襲いかかったと思い込んだから手を出したんだと言った。上司は言った。あの人たちは恋人同士でふざけていたんだ、おまえになんの差し障りがある？　この前は車を修理してくれたそうじゃないか！　その態度はなんだ！

ぼくが殴りたかったのはあいつなんだ！　彼は心の中で思ったが、もちろんそんなふうに言う気はなかった。あのとき、髭面だろうが連隊長だろうが子春は殴りたかったのだ。殴った後で、彼は悲しくなった。馬藍が彼を傷つけたように感じたからだ。子春がそれでも髭面に謝りに行くと、むこうは鷹揚に受け入れた。誤解だったんだ、動機はまあ悪くはないんだし、とやかく言ったりしない。もう馬藍に会うことがないだけだ。彼女は故意に彼を避けていたらしく、彼は除隊するまで彼女を見かけることはなかった。子春の心はこの上なく苦しかった。彼の心配事は舞い上がった凧のように、どこかに持っていかれた。彼はこのことで譴責処分を受け、気分は日に日に落ちこんでいき、何をやるのも投げ遣りになった。

小楼が最後に牯嶺に登ったとき、老鉄はすでに死にかけていた。石門から登ってきた老人たちと伯父が、目を離した隙に死んでしまわぬよう、交代で彼の世話をしていた。老鉄はかすかに目を開け、小楼だとわかると顔にかすかに笑みを浮かべ、ずいぶん長いこと登ってこなかったなと言った。小楼は、あなたの弟子の子春からですよと言って手紙を彼に渡した。

伯父はすぐに封を切って読んだ。顔色がしだいに悪くなり、怒り出すわけにもいかないのでなんとかこらえ、横たわっている老鉄に言った。子春は間もなく除隊して、じきに戻ってくるそうだ——あなたに会ったら……

老鉄はベッドに横たわり、聞き終わるとしばらくの間黙っていた。二筋の涙が両の目尻からあふれだし、頬を伝わり落ち、もう止まらなくなった。

その夜、老鉄の容態は急変し、意識は混濁状態となった。しばらく意識があったかと思うと、またしばらく昏睡状態になり、もう食事をとらなくなった。伯父は急いで人を下山させ皆に知らせた。真夜中に、老鉄は突然かすかに意識を取り戻し、起こしてくれと懇願した。皆は慌てて彼をベッドの上に助け起こした。老鉄は難儀してベッドの下からひとつの包みを引っぱりだした。その包みは何枚もの布でくるんであり、中には手紙の束と二千元余りの現金があった。これらはみな子春のために取っておいたもので、経典の口伝もある……あの子が戻ってきたら伝授してやらないと……彼は例の四つの大きな木箱を指した。伯父はこらえきれずに涙を流した。

老鉄が世を去ったその夜は月がまるで盆のように大きく、地上を明るく照らしていた。ちょうど十五夜だったのだ。老鉄は道士だから、宗派の正式な葬儀を執り行わねばならなかった。石門では、生前祈祷師や道士だった者が亡くなったら六曹六院〔民間信仰の教義の系統のひとつか？〕で葬儀を執り行った。子春は戻ってこなかった。彼はすでに広州に行っていたのだ。ということは、老鉄の最後の手紙は当然ながらもう受け取ることはできないのだった。ふつう道士が亡くなると、法要は全てその弟子によって執り行われる。ほんとうにどうしようもないときだけよその人に頼むのだ。彼の三人の弟子のうち、一番目の弟子は息子に町へ連れて行かれてしまったし、二番目の弟子は広東で出稼ぎをしていて、どちらも連絡がつかなかった。石門ではもう若い道士は見つからないことを伯父はやっと思い出した。まる一日かけて聞いて回り、ようやく沙江《シャーチアン》の辺りにまだ道士がいることがわかったが、高齢で七十いくつになっており、頼めるかどうかもわからなかった。その道士は老鉄が亡くなったと聞くと、家族が止めてもどうしても行くと言い張った。その夜伯父は皆を引き連れ銅鑼を提げて井戸へ水を汲みに行った。そして唱えた。

東方の青帝涌水龍王、南方の赤帝涌水龍王、西方の白帝涌水龍王、北方の黒帝涌水龍王、中央の皇帝涌水龍王、五湖四海の龍王、十洲三島の仙哲、聡明なる神仙、文武両道の真宰、水府の道にかなうあまたの将軍、水の女神、恐れ多くも祈願するものなり、井戸に降《くだ》り、香燭を受け、一酌の水を賜わらんことを請い願い、身を清め沐浴す。香燭燃え尽き、水を提げ戻り、全身沐浴し、寿衣をまとい、棺に納まり入堂す*。

こういったことを慌ただしく済ませると、空はすっかり明るくなっていた。小さな廟はすでに水を撒いて掃き清められ、祭壇が整えられ、その上には九御《くご》の金容*が掛けられ、両側には四京《しきょう》の玉像*が並び、聖像や位牌がきちんと配置され、卓上には順番どおりに精進料理、果物、御神酒、御神茶、燈明などが置かれ、年老いた道士が「金関化身天尊」*と唱え始めると、両側で銅鑼や太鼓などの法具が一斉に鳴り響いた。銅鑼を叩き太鼓を打ち鳴らし、チャルメラが相伴する。小さな廟がこれほど賑やかだったことはない。小楼はもともとこの葬儀に参列するつもりはなく、なんだか申し訳なかったと後になって思った。老鉄に最後の手紙を届けたのだからまあいいやと彼は考えた。残念ながらこの賑やかな法要を、かつての主は今や堂内の棺の中に横たわっていて、もはや聞くことができないのだった。聞くことができなかった者には、

*東方の青帝涌水龍王……湖南省に伝わる「梅山教」の経文だという。

*九御の金容　「九御」は宮殿に仕える女性の役職名。全部で八十一名いて、九組みに別れ輪番で出仕した。それらを模した金色の像のことか？

*四京の玉像　「四京」は、ここでは宋代の四つの大都市・開封府（東京）、河南府（西京）、応天府（南京）、大名府（北京）を指す。それらを模した玉の像のことか？

*金関化身天尊　道教の主な神のひとつか？

彼の末の弟子である子春もいた。そのとき子春はちょうど賑やかな広州のショッピングセンターにいて、警備員として出入り口に立っていた。

二年後、小楼も仕事を辞め南下して広州へ出稼ぎに行く壮大な波に加わった。その後、それまで会ったこともなかった子春を見かけた。写真のほっそりした姿とは大違い、違いすぎて小楼は目の前の子春を想像していた姿と結びつけることができなかった。子春は何周りも太り、だいぶ恰幅が良く、腰回りのぜい肉は小楼の記憶の中の良いイメージを台無しにした。広州の気候はこの上なく蒸し暑く、白い大ぶりのシャツを着ている子春は、体のその無駄な部分を隠すことができなかった。小楼は彼と何を話すべきなのかわからなくて、老鉄のことを話すしかなかった。なぜ師匠が世を去ったときに戻ってこなかったのか尋ねると、子春は肩をそびやかし、俺は仕事が忙しいのがわからないのか、休みなんか取ったらクビだぞと言った。戻って道士になるのもまあ悪くないんだろう？　と小楼が言うと、どんな時代だよ？　と言って子春は笑った。そのもともと細い目は肉に埋もれそうだった。小楼が彼に、師匠が残してくれたあのいくつもの大箱の大事な物はまだ要るかと尋ねると、子春は相変わらず笑いながら言った。やめたからもういいんだ、残しておいて何になる！　あんたは要るか？　要るならくれてやってもいい。

小楼がその後彼に会うことはもうなかったが、彼に関する話は度々耳に入ってきた。娘が生まれたそうだ、またずいぶん太った、女房とはその後離婚でもめている……ただ、彼が帰って道士になるつもりだという話が聞こえてくることはなかった。

## ✺訳者あとがき

鄭小驢の作品を本誌で紹介するのは、第九号・第二十一号に続いて三作目である。前の二作が血なまぐささやおどろおどろしさを感じさせるものであったため、次は少々毛色の違うものをと考えたのと、湖南省の民間信仰の描写に興味があったのとでこの作品を選んだ。儀式や神仏の名称などは、当初はインターネット検索でほぼわかるだろうと高をくくっていたが、予想外に調べは難航し苦労した。作者から参考になるサイトをいくつか教えてもらったりもしたが、それらを注釈に生かすとなると案外難しく、だんだん沼に足を取られていくような感覚があった。湖南省の民間信仰だから無理に訳さなくともよい、というようなことを作者に言われてもいたので、最終的にはその言葉に甘えることにした。

送ってもらった画像の中には民間信仰の対象となっている巨大な石仏があるのだが、中国の山深い所には、たぶんこのような未知の巨大物がまだまだ潜んでいるかと思うとなんだかわくわくする。

この話は老鉄《ラオ・ティエ》と子春《ツーチュン》の子弟ふたりの関係を主軸に様々なエピソードが盛り込まれているが、ちょくちょく場面が切り替わり目の付け所も変わるのが、訳していてわりと楽しかった。ただ、子春が、ちょっとした挫折を繰り返しながらも何となく上昇気流に乗って行くように見えたのに、最終的に「広州のショッピングセンターで警備員」というのはちょっと残念な気がした。師匠に期待をかけられたり、部隊でたくさんのことを吸収したり、子春って実は〝デキる子〃だったのでは？　まあ、現実はこんなものなのだろう。

湖南省の、おそらく辺鄙な田舎で中学卒業までを過ごした少年がちょっぴり勇気を出して、生まれ育った地元↓少し離れたところにある寂れた道教寺院↓砂漠の只中に所在する駐屯地↓中国南部の大都市・広州、というふうに外へ外へと出て行けたのは、彼にとってある意味成功だったのかもしれない。ショッピングセンターの警備員に落ち着いた点は〝チャイニーズ・ドリーム今一歩成らず〃と私は見ているのだが、子春はどう思っているのだろう。

■鷲巣益美（わしず　ますみ）
翻訳に残雪「紅葉」「インスピレーション」（『中国現代文学』ひつじ書房）、『かつて描かれたことのない境地』（平凡社、近藤直子氏ら五名との共訳）、鄭小驢「井戸を掘る人を待つ」（『中国現代文学』ひつじ書房）、金仁順「パンソリ」（『灯火』所収、北京・外文出版社）などがある。

［本の紹介］

# 止庵《受命（終局版）》

（人民文学出版社、二〇二二年四月）

趙暉

止庵の《受命（終局版）》は一九八〇年代半ばの北京を舞台とする復讐と恋愛の物語である。

物語の主人公は若い歯科医の陸氷鋒。彼はある日、重い病を患った老齢の母から父の死の真相を明かされる。父・陸永志は、一九五七年に始まった反右派闘争で、同僚祝国英の密告により東北地方に下放された。その十年後、文化大革命のさなか、病気を患った父は治療のため北京に戻り、祝国英に助けを求めた。しかし、現れたのは警察で、北京からの退去強制命令を受ける。絶望した陸は自殺に至る。彼はこの世を去る間際に、遺書をしたため『史記 伍子胥列伝』に挟んでいた。

伍子胥とは春秋時代の政治家である。楚に生まれたが、楚の平王に父と兄を殺されたため呉に奔《はし》り、長い年月をかけて呉王を助け、終に楚を破る。しかし平王はすでに死んでいたため、その墓を暴き、屍を三百回鞭打って恨みを晴らしたとされる。氷鋒は父の仇を知った日から『伍子胥列伝』を繰り返し読み、復讐心を募らせる。

一方、陸一家を窮地に追い込んだ祝国英は文化大革命が終わってからも処罰されることなく副大臣にまで昇進した。北京にやっと戻ってきた氷鋒らの余裕のない暮らしと対照的に、祝は高級官僚として贅沢な生活を送っていた。

氷鋒は人知れず祝国英について探る一方で、自分と同じ詩歌愛好者たちと出会い、小さな現代詩サークルを発足して楽しいひと時を過ごすようになる。しかし、メンバーの一人、優しく清純で彼に思いを寄せる葉生は、よりによって祝の娘だった。氷鋒の復讐心は揺らぐが、結局は葉生を避け、詩歌の趣味とは無関係の女性・芸芸と付き合う。しかしそれもうまくは行かない。豊かな生活を求めて活発に行動する芸芸にとって、氷鋒は陰気で退屈な男でしかなく、二人は破局を迎える。

やがて氷鋒と葉生は再会し、それぞれの思いを胸に抱きながら付き合うようになる。仇討ち決行の日、ナイフを握り、病床の祝国英を目指す氷鋒を、葉生は思いがけない形で止めようとする。だが重病にかかっていた祝国英は、氷鋒が手を下すまでもなく事切れていた。復讐は伍子胥同様に徒労に終わる。

父親の仇討ちがテーマとなっている本作品について、作者の止庵は『伍子胥列伝』と『ハムレット』へのオマージュであると語っている。また、エピグラフとして『荘子』の「人間世第四」から、「今吾朝に命を受け、而して夕べに氷を飲み、我其れ内に熱あらんか」という、王から難しい命令を受けた使者の憂慮が表れた句を掲げている。タイトル〝受命〟について作者はこう述べている。「氷鋒は復讐の命令を受け、また、復讐が叶わない運命を受け入れねばならない。さらに言えば、氷鋒は復讐の命〔命令／運命〕を受け入れねばならず、葉生は復讐に巻き込まれる運命にあったのである」過去に生きてきた氷鋒と、未来に夢を見た葉生はこれからどうなってゆくのか、この空しい復讐劇が幕を下ろしてからも読者に考えさせる。

本作品の主人公はむろん氷鋒でヒロインは葉生であるが、さりげなく織り込まれる植物談義とともにライラックの香りが漂う北京もまた主役と言えるだろう。綿密な時代考証を重ねた上で描かれた八十年代の北京の街並み、地下鉄の本数が二本しかなかった時代に主な交通手段であったバスとトロリーバスの線路、出回りつつあった電化製品などの生活用品、流行っていた洋画や書籍、現代詩朗読会などの文化サロン、希望と不安を胸に、理想に燃える若者たちの姿等々……それらのディテールが当時の北京の空気をリアルに再現しており、懐かしく感じた読者も多かったようだ。

止庵は一九五九年、北京生まれ。創作活動のほか、荘子、周作人、張愛玲等の研究者としても知られる。また、五十回近く日本の各地を訪れており、日本の文芸作品にも詳しい知日家でもある。日本の自然と文化を詳細に綴った『遊日記』は、日本案内本として定評がある。

（ちょうき）

【編集後記】

◆本号は小説四編を掲載します。

◇「雪山大士」は、想像力豊かに若者の心理を表現する作風で近年注目されている若手作家・陳春成の作品です。旧東ドイツ出身の元サッカー選手と中国の奇縁の物語で、元サッカー選手の身の上話はサッカーの話から療養中に読んだ本の話へ、仏教の話へと及び〝雪山大士〟につながっていきます。ピッチを降りた選手が心の平静へと向かう場面が幻想的な手法で描かれており印象に残ります。

◇徐則臣「モロッコ王子」は北京の出稼ぎ労働者の物語です。発展し続ける街から取り残されたような古い民家の一室に暮らす若者三人組の、日常のあわいに生じた出来事が描かれています。厳しい現実に口惜しさを覚える結末ですが、希望を抱き行動した姿に心を動かされます。

◇蒋韻の「朗霞の西街」は、国共内戦期から新中国設立後の北方の小さな町と、国民党軍大隊長の残された家族の物語です。内戦、そして闘争の血生臭い時代に、死と背中合わせの選択を行った夫婦の愛、娘には直接語られることのなかった親の思いが読者の胸に迫ります。

◇鄭小驢「最後の道士」は改革開放政策が進展する中国を背景に、山間の寂れた廟で老いゆく道士とその弟子を描いています。山を出て擦れていく最後の弟子と、彼に衣鉢を継がせたいと願う老いた道士のコントラストが何ともいえない悲哀を感じさせます。

◆コロナ禍が落ち着き、中国に行けるようになりましたが、これまで日本人に対して適用されていた滞在期間十五日以内のビザ免除措置が停止されています。昨年、中国に行く機会があり、ビザを取得するために、かつて経験したことのない煩雑で厳しい申請手続きを行いながら、中国は遠くなったと感じました。本号収録の作品は中国のさまざまな地域を舞台とし、中国独特の文化、事物が比較的多く出てきました。中国に行けない中、この編集作業は中国旅行のようでした。◇旅といえば、オープンワールドRPG『原神』では今年も、中国をモデルにした「璃月」国で、春節をモデルにした「海灯祭」が開催されました。「璃月」の新エリアとして開放された「沈玉の谷」はお茶の名産地。この地域のBGMには「モロッコ王子」にも出てきた葫蘆絲〔ひょうたん笛〕の美しい音色が響いています。

（上原）

話題の作家の作品を鋭意翻訳中！
次号以降もどうぞご期待ください。

✴第二十六号 二〇二四年十二月刊行予定



第24号（二〇二二年三月刊行）目次

【小説】
平原のモーセ　双雪濤／大久保洋子 訳
作り事　畢飛宇／大久保洋子 訳
灰色の鳩　王蒙／野原敏江 訳

【詩】
今晩は夜明けまで起きていよう
トーニャとニーチェ
グリゴラ　史鉄生／栗山千香子 訳

［本の紹介］鍾求是《等待呼吸》　趙暉

本誌翻訳作品目録（1〜24号）

# 中国現代文学　第25号

Contemporary Chinese Literature　No.25

Edited by The Society for the Translation of Contemporary Chinese Literature


発行日　二〇二四年四月三〇日

編集　中国現代文学翻訳会


〒112-8631　東京都文京区大塚一-四-一
中央大学法学部 栗山研究室
lishan.51n@g.chuo-u.ac.jp


発行　株式会社 ひつじ書房
〒112-0011　東京都文京区千石二-一-二 大和ビル２F
電話　〇三-五三一九-四九一六
ＦＡＸ　〇三-五三一九-四九一七　https://www.hituzi.co.jp/

装丁・組版　板東 詩おり
表紙写真　Shanshan
印刷・製本　株式会社 ＴＯＰ印刷
定価　二〇〇〇円+税

ISBN 978-4-8234-1163-2　Printed in Japan